My brother,
lives in my body.
DARK櫻薰/NOVEL
薩那SANA. C/ILLUST
001
來自異界的旅

《雙夜》推薦文——貓邏

好友「鯨魚（平和万里）」擔任了「不思議工作室」的企劃主編，這是她負責的一套書，鯨魚是一位很有責任心的作者，本身也出版了不少的小說，聽說她為了《雙夜》這套作品，跟作者討論過不少次。

現在，聽到她負責的作品要出版了，貓邏自然要來友情推薦一下囉！

《雙夜》這個作品雖然有些地方尚嫌生澀，但它的一些設定也很有趣，像是：一體雙魂、落根、木牌這些……

（看不懂貓邏在說什麼對吧？等你翻書看了就知道囉！）

整體說來，《雙夜》是一部偏東方修真風格的作品，其中又混了一些西方奇幻的構思，這一點我滿喜歡的。（本身就是一個喜歡混搭元素的人）

主角是一位很依賴別人的孩子，看文時，我有數次想敲他的頭……

「這傢伙簡直是一個死小孩啊啊啊啊！」（喂）

My brother,
lives in my body.

★雙夜┐

來自異界的旅人/PAGE 001

咳！

我想，往後隨著劇情進展，主角應該會慢慢成熟吧？

所以說，這是一部依賴少年的成長故事？（別亂給人下定論！）

隨著故事的進行，作者埋下了一個又一個伏筆，等著主角跟讀者去發現，在抽絲剝繭之後，會出現什麼樣的結果呢？

就讓我們隨著主角的腳步，一同來觀看吧！

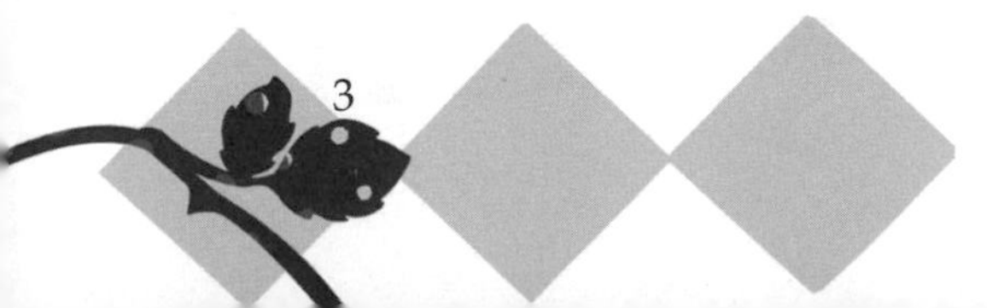

Contents

prologue 開端

風大的夜裡，能清楚聽到樹木被吹動的枝葉沙沙聲。有著銀色長髮的少年沿著鋪好的石子路，快步走在華麗的大宅院裡。

少年走得很心急，沒有注意到腳邊的障礙，忽然一個不穩，人往前摔，連忙伸手往旁邊一抓。

不巧的是，他抓住的是——桃花樹的樹枝。

一拉之下，樹枝發出「啪」的斷裂聲。少年一愣，人已經仆倒在地。

比起疼痛，少年內心的錯愕要強烈許多。

這棵樹深受大人喜愛，如果被發現，那就慘了！

少年連忙扔掉樹枝，爬起身，把白色袍子拍乾淨後，立刻跑向中央殿。只要不「人贓俱獲」，肯定沒人知道「兇手」是他。

少年一路直衝，來到中央殿前，停下腳步，注視著半敞開的大門。從門的縫隙望入，是陣陣紅色燭光搖曳。

少年猶豫地後退一步。

依照往日規矩，通報進入的方式是什麼？

記不得了，他來這裡的次數屈指可數，而且總是有人陪同。

大門驀地開啟，門內是一名神色陰沉的青年。

「……居然是你這小子。」

青年抬手往裡面一比，便轉身回到殿內，只能隱約聽見他的自言自語：「賢者那件事要交給他？族長大人瘋了。」

少年急忙跟進，想把話問清楚，可惜對方走得太快，迅速就消失在黑暗之中。

中央殿內並不明亮，少年只能透過遠處閃爍的燭光，目視身旁有限的距離。左右兩邊的圓柱維持著規矩的間距向前延伸，鋪就出主走道，像是這裡主人的嚴肅個性一樣，令少年掩不住內心緊張，用力地嚥下了一口唾沫。

圓柱後方一片漆黑，少年只能看到走道盡頭輕微晃動的黑影。

少年壓低了腳步聲，沿著走道前進來到燭光源頭——那是一張擺放許多公文和一支玉製燭台的雕花長桌。

桌後有人。

那人穿著和少年身上相似的白色袍裝，在燭光照映下顯得色澤些微偏紅，卻也反襯出白袍質量的無瑕尊貴——他是族長，也是少年的父親。

他此刻正坐在刻有雕花紋路的木椅上，專注的批閱著公文，隨手又拿起桌邊的白色茶杯，啜了一口後便放回。

「喀噹！」

杯子放回的響聲險險嚇著少年。他搓揉著雙手，掩不住緊張的問：「父親大人，您、您找我？」

或許是沒等到對方先開口，少年發出的嗓音有些膽怯。

男子緩緩抬頭，瞇細的瞳孔顯得有些冰冷：「叫我族長大人，教過的規矩你都忘了？」

嚴厲的糾正讓少年顫抖起來。要說到沒有規矩，方才他來這裡的路上，不小心把桃花樹的樹枝給折了……

正在他思考要不要「自首無罪、抓到加倍」的時候，男子先開口了——

「你的任務完成了吧？東西給我看看。」

少年飛快從袖中拿出黑色石頭放在桌上，暗自慶幸沒傻到自首。

男子拿起石頭，掂了掂重量，並仔細觀察黑石的色澤。

「重量、顏色無誤。」男子不斷拋著黑石，似乎不想將它放到桌上。

「所以？」少年等待判決似的搓揉雙手，雙眸隨著黑石上下移動，內心的情緒不斷起起落落，沒有一刻平穩。

只見對方揚起嘴角，手掌一翻，瞬間，黑石消失。

同時，少年抽了一口氣，瞪大雙眼，屏息以待，接下來呢？

「第一階段算是合格了，小鬼。」

這句話讓少年心中的大石瞬間落下。

跟著，只見男子從桌子抽屜內，拿出一個木製盒子，扔給少年。

「這是？」

少年倉皇接住飛來的物品，那是雙手大小的木盒。他上下左右地翻轉了一遍，不明白父親為什麼要給他這個。

「父……族長大人。」差點喊錯的少年急忙改口，「您說第一階段？記得您說過，黑石是試練的物品？怎麼聽起來——」

少年以為只有一個試練，才拼死拼活的找出黑石，沒想到，父親的話，聽起來好像有新的麻煩要扔給他？

「夜，你只能服從。」男子不允許少年發問，抬手向外一指，命令道：「你現在回去收拾，明天離開。」

「咦？」少年錯愕的瞪大眼。

明天？意思是，他明天要離開這裡？不管怎麼想，這時間太趕了。

「有關於試練的詳細內容和流程，旅途中會有『指導者』說明。你要記住，他不喜歡等人。」說到這裡，族長發出笑聲，「時間所剩無幾，你別在這裡鬼混，快去準備！」

話完，男子右手一揮，少年突感身後的衣領被人揪住似的，尚未反應過來，就被驅離。

楔子【開端】

回過神時，少年眼前已是中央殿的殿門，彷彿自己從未進入過，只是，手中的木盒無情的提醒著他，一切都是真正發生過的。

少年不斷回想父親的話，忍不住嘆氣，這是要他準備什麼啊？

chapter 01 尋找任務

銀髮少年流露出不安的神情，在森林的外圍一再徘徊。

逆著風勢不斷移動，一身雪白長袍隨風飄起，他雙手抓住亂飛的銀髮，努力瞠大銀眸，像在尋找什麼，一次次繞著森林外圍查看。

龍夜被趕離家門後，這是第十二天。

他沒想到的是，這次試練的地點竟然離家這麼遠，遠到他起初以為沒有回去的機會。好在從指導者那裡聽說了，試練完他是可以回家的。

只是，新的試練從一開始就不順利，尤其龍夜從來沒有獨立應付過。

該怎麼辦呢？

第十二天的今天，龍夜正在進行學院的入學考驗。

這並不是試練的一環，但卻是完成這次試練不得不先通過的考驗——對龍夜一行人來說，進入學院就讀這件事，絕對是當下最重要的課題。

問題是，學院的考驗也是難到爆炸！任務物品一直都找不到啊！

龍夜眉頭緊蹙，將目光轉移到離他最近的樹木後，彎腰瞪著樹根。

直視許久，他伸出手對樹根又戳又摸。嗯，這些只是一般的樹根，不是任務物品。

龍夜挺起身，雙手扠腰，一眼掃過周圍群樹的根部，發現森林內外有太多的樹，如果要一個個測試，肯定會來不及。

時間有限啊，不能浪費在翻找的動作上。

龍夜狠下心，不管破壞環境的後果，直接施放法術，將周邊樹木的根部全數切斷，再一一檢查。隨著他的移動，周圍的「斷根」越來越多，任務所要的「那個」依然不見蹤影，他忍不住大嘆口氣。

「院長分明在欺負人，這個鬼地方哪裡有了？」

龍夜一邊氣到大罵，一邊從袖中抽出快被捏爛的白色紙條，對於紙上的線索，依然沒有頭緒。

「銀羽、夢喙、落根，唉……」

落根，就是落根找不到。明明院長已經給了線索，龍夜卻怎樣也想不通。落根顧名思義在森林內會比較好找吧？院長偏偏說是在外圍，還說一看就知道是任務目標，非常好認？

他都切了這麼多樹根，還是沒看見啊，是不是院長故意戲弄，不然找了大半天，怎麼會沒有看到？

就在龍夜打算舉手投降時，一顆小石頭猛地擊中他的頭，落到地面。

「痛——」龍夜揉著吃痛的額頭，淚水奪眶而出的上下張望。

「啪！」

附近傳來樹枝碎裂的響聲，龍夜捕捉到這個細小的聲音，偏頭望去，想也不想就直接抱怨：「月，你幹嘛對我扔石頭，很痛耶！」

「呵。」笑聲反而從龍夜後方傳來。

龍夜循聲再轉頭，瞧見身穿銀灰色長袍的黑髮少年從樹上跳下，腳尖輕踮，像是毫無重量，沒有讓塵土揚起的平穩落地。

黑髮少年撥了撥落下時被風吹亂的黑髮，「誰叫你不專心找任務物品。」

「我夠專心了。」龍夜用力反駁。

黑髮少年的名字是龍月，是龍夜身在異界時，唯一陪伴同行的友人。

別看他們同姓就認為是兄弟或者親戚，他們只是同族，分屬不同家族，頂多算是堂兄弟之類的。

龍夜不甘的嘟囔著，「我被院長騙了，這裡根本沒有落根。」

龍月無力的上前，抓住龍夜的頭，使勁揉了好幾下。

龍夜大聲抱怨，「你幹嘛呀！」

「這麼快就要放棄？」龍月這才把手抽離，看了看附近，目光移到「樹根堆」處，「我看，你根本沒有認真找吧！而且，院長沒有騙你的必要。」

——除非院長想輸掉賭局。

龍月將最後一句話偷偷掩埋在心底深處，如果說出去，難保眼前的少年會氣到不想做學院任務，直接找院長理論。

「就算任務物品難找，也不可以放棄。你知道的，學院規定的指定物品必須『自己』完成，不可以尋求幫助。」他補充，還不忘安慰龍夜，「所以，你要想想辦法，剩下最後一個，加把勁就可以找到了。」

龍夜不滿地看了說風涼話的朋友一眼，結論是，他得要自己找。

「月，你偷偷幫我，學院不會知道的。」

龍夜用可憐兮兮的模樣哀求，希望對方看在認識很久的分上協助。

可惜，龍月沒有被他裝出的無助表情打動，「不行，被抓到怎麼辦，你能保證學院不會察覺？」

「可惡。」龍夜確定龍月鐵了心不幫忙，只好踢身旁的樹根洩憤。

月不肯幫忙沒關係，只要「他」願意的話……

這段話才剛從龍夜的心中浮出，腦中馬上傳來拒絕的話語。

『不可能、拒絕、自己想辦法。』

連續三句否定，龍夜馬上跳起來，「暮朔，連你也拒絕我？」

見龍夜上一秒耍哀怨，下一秒卻氣急敗壞的罵人，龍月看了看附近，此地除了他們兩個，沒有第三人出現，依照以往，龍夜突然出現這種脫序演出，應該是……

龍月有些懷疑，「你跟他要求了？怎麼，他居然拒絕？」

龍夜鐵青著一張臉看向龍月，挫敗的點頭。

暮朔是他的雙胞胎哥哥，也是與他共用一個身體的兄長，但這身體的主人是他，不是哥哥，因為暮朔在出生時就死亡了，而他順利的活下來。

或許是雙胞胎，原本被宣告死亡的暮朔之魂進入他的身體，並沒有出現排斥的情形，而是被接受，所以出現了「一體雙魂」的狀況。

由於「一體雙魂」太過詭異與特殊，如果被其他人知道，難保不會有研究狂想把他抓去當小白鼠，極力隱瞞之下，目前知道這件事的人，除了他的親人與朋友龍月，就剩下那個因不可抗力而收為徒弟的疑雁，和被指派為引導者，跟他一同進行歷練的緋煉大人。

其實，往常這位哥哥大人會看在共用身體的分上，願意給他協助。沒想到，這一次暮朔會拒絕。

「夜，我聽不到他說話。還有，他拒絕是對的。」龍月再次重申，「這個任務要你『自己』解決。」

意思是不論他，還是住在龍夜身體裡的兄長，都不可以給予協助。

『月說的沒錯，你就自己處理。』暮朔沉穩的附和。

龍夜悶哼兩聲，沒想到朋友與兄長都不願意幫他，他直接蹲下，喪失動力的開始望著地面發呆。

龍月面對龍夜的任性小孩行徑，無力的搖頭苦笑。

龍夜耍哀怨時，突然想到，他這個朋友也跟他一樣有學院任務，怎麼會有時間來這裡看他的進度？

「月，你該不會已經將學院指定的三個物品找完了？」

「嗯。」龍月點頭，給了他肯定的答案。

「什麼？什麼時候完成的？」龍夜吃驚地問。

「什麼時候？來找你之前就完成了。」

龍月從長長衣袖中拿出一個黑色錦囊包，將它打開，裡面有三個奇怪的物品，紫色的葉片、藍色的泥土和虹色的花瓣。

那是龍月的學院任務所需物品。

「好好喔……」龍夜看著那三項物品，不自覺想要伸手觸摸，才剛伸出一半，手就被人拍掉，瞬間，額頭傳來疼痛的感覺。

他被彈額頭了。

「別羨慕了，與其在這裡看我的東西流口水，不如去找落根。」

「我有、我有。」龍夜捂著發紅的額頭，繼續用可憐攻勢攻擊龍月，「既然你的任務完成了，幫我找一下吧？」

「『不行！』」瞬間，龍月和暮朔的吼聲重合。

「規定就是規定，求我也沒用。」

『你欠罵是嗎？都說不行還問！』

龍夜苦著一張臉，一手壓耳、一手揉太陽穴。這兩人同時吼起來，震撼力十足呀！他們是怎樣，打定主意要他自己處理這個任務嗎？

龍月挑眉，用嚴厲的口吻，「試著自己完成，不然出來的意義就浪費了。」

龍夜張開嘴，正想要反駁，驀地，一陣清風吹起。

龍月蹙緊雙眉，翠綠色的葉片被風吹到眼前，他用力將葉片收在掌中。

瞬間，雙方陷入一片寂靜，沒人出聲。

「所以，就這樣，我要走了。」

龍月不給龍夜哀求的機會，手鬆開，放任葉片掉落地面。

「你、你要離開了？」龍夜望著地上的葉片，緊張地問。

葉片，那是院長給予任務物品收集完成者的訊息，用來提醒他們，該回到學院了，不要隨意在外逗留。

「嗯，院長在催人了。」龍月肯定地說，伸手摸了摸龍夜的頭，「你自己加油，如果這個任務沒過，你知道你的下場會怎樣的。」

不用想，龍夜體內的暮朔鐵定會抓狂。

龍夜感覺頭上的手鬆開了，抬頭時，看到龍月縱身躍到樹梢上，很快的接二連三跳躍後，身影消失在遠方。

「唉，只剩下我，這樣找也不知道要找多久。」

龍夜越想越生氣，沒想到，自己居然會有認命解學院任務的一天。

楓林魔武學院，又被稱為楓林學院，是龍夜一行人目前打算進入就讀的地方。

My brother,
lives in my body.

★雙夜┐
來自異界的旅人/PAGE 001

其實，他們一開始的目的，不是到這間學院當學生！

十二天前，龍夜被告知外出歷練的方式，居然是離開原本所在的世界，到其他不同的異世界冒險，而第一站，就是他們現在所在的水世界，挪亞。

龍夜與龍月、指導者龍緋煉，和額外跟來的外人疑雁一起抵達，沒想到，才剛進入這個未知的新世界，就撞見一名黑髮少年被一群白衣人追殺。還搞不清楚狀況的他，糊里糊塗地拉著龍月將被圍殺的少年救出。

結果，這可不是小小的街頭鬥毆，白衣人背後其實有著龐大的勢力，搞到他們這一票也變成被追殺的對象。

在沒地方可住，又要被追殺的狀況下，他們只能參考別人的好心建議，打算躲入學院避避風頭。

「這是太雞婆亂救人的後果嗎？」龍夜難得在自我檢討。

雖然龍月要他別想太多，但其他人是怎麼想的，他不敢去想，反正自己就是常常惹麻煩，還讓其他人跟著倒楣。

龍夜再嘆口氣，目光放在忘記收回的白色紙條上。

他想，盲目的尋找只會浪費時間，時間是不等人的，如果還是找不到，最後依然是失敗告終。

龍夜抖了抖袖子，一個手掌大小的木塊驀地出現掌中。

「解。」

宛如咒語的話，讓龍夜手中的木塊發出淡淡的白光，轉眼間，木塊變成一把長約三十公分的褐色木杖。他握著木杖，雙目緊閉，「我不是在破壞大自然，是想快點結束任務。」

唸完後，銀眸睜開，將木杖指向周圍，木杖揮下。

「破。」

瞬間，龍夜附近的樹木被一陣陣雷電應聲劈斷，漫天煙塵到處飄揚。

沒多久，煙霧散去，他看著眼前的「傑作」大發豪語，「都搞成這樣還找不到落根，我就認了。」

他說著賭氣的話，開始到處翻找。

但上天卻像是故意要跟他作對，不管怎麼找，都找不到特殊物品。

沒多久，龍夜眼前出現一片翠綠色的葉片，然後化成綠色的清煙。

「唔，開始倒數了？這麼快！」

龍夜咋了下舌，加快翻找的速度。他翻著翻著，一邊不斷喊話：「死暮朔，戲看夠了沒，快幫我忙！」

『拒絕。』就算到緊急的倒數時刻，暮朔依然維持原意。

「好好好，其實你也不知道落根是什麼東西吧？」

『激將法？小鬼你用錯地方了，我知道落根是什麼。』

龍夜一面踢著腳邊的斷枝，一面聽暮朔說話，可能是手腦並用，一開始還聽不出來，等他把暮朔的話在腦海裡反覆咀嚼，猛地停下一切動作。

「你、你、你知道落根是什麼？真的假的，你是故意尋我開心嗎？」

『你哪一天聽我說過笑話？』暮朔涼涼地回答，如果他有身體，一定是翻白眼，對龍夜投以鄙夷的目光。

「你既然知道，為什麼不說？讓我瞎忙這麼久。」龍夜頹下肩。

『這任務要你自己解決。』暮朔沒好氣地說：『況且，幫助你，對我雖然有好處，對你又有什麼幫助？』

「唔！」龍夜語塞，暮朔說得沒錯，這對他的成長毫無幫助。他想了想，尷尬地問：「提示呢？應該可以給我吧？」

『院長不就給了？你回想一下她當時的表情與之後的補充。』

龍夜開始乖乖回想，暮朔又追加一句。

『關於「落根」，別一直拘泥在所謂的樹根上面，把這兩個字拆開來想，就可以明白院長為什麼會給你提示。』

當時，他一抽到這任務時，學院院長所露出的神情、所說的話。

——是落根呀，糟糕，我不小心寫錯了，算啦！寫錯就寫錯，我給你提示好了，免得你們這些新生以為我在惡意欺負人。落根這東西要在森林外圍找，進入森林裡是絕對找不到的，畢竟，這是「植物」的根，與樹無關。

等等，與樹無關？

想到最後四個字，龍夜僵住，不自覺看著周圍的斷裂樹根。

院長說那些話時，龍月也有聽到，難怪龍月會說，他沒有認真找。

「植物的根」和「樹木的根」差很多的，不止差兩個字！

此時的龍夜，真想挖地洞把自己埋進去。

他暗自反省，以後聽別人的說話，一定要聽清楚，回想關鍵更是千萬不可以只想一部分，以免又有悲劇發生。

所以，之前他都是在做白工，還是吃力不討好，不會有回報的那種！

龍夜繼續想，院長還有補充什麼？

院長說完提示後，嘴角揚起，發出高八音的笑聲，又說：「身為院長，好心提醒一句，那東西很兇暴，可別被咬囉！」

『回想完了？』暮朔沒好氣的催促，『整合一下，你就知道答案了。』

龍夜知道，哥哥不會再給提示，接下來要靠自己。

可他不明白，落根既然是植物的根，院長怎麼會說找落根會被咬？還有暮朔的提示，要把落根這兩個字分開，不就是「落」和「根」？

是植物，院長卻說的像是生物，兄長的提示更是說要拆開來思考。

難不成——

猛地，龍夜有不祥的預感，剛才他想要提高尋找落根的效率，引雷將附近的樹木炸上一

遍，如果落根是他所想的那樣東西，那一炸會出問題的！

果然，這念頭一出，龍夜四周就傳來了異獸的吼聲。

「吼吼吼吼吼吼吼吼吼吼吼吼吼吼吼吼吼——」

吼聲一出，讓樹林內的鳥兒「啪」地激烈高飛，一陣狂風吹起，龍夜眼前出現一隻長相奇特的魔物。

那是一隻身形似狼的魔物，從牠嘴裡吐出的卻不是狼叫，是詭異的吼聲。

此時，魔物正弓起背，往這個方向看來。

魔物的背部第一時間就吸引住龍夜的目光，那是一片片的草綠色葉片，葉片之下，還可以看到生物般不斷蠕動的白色根部。

那是——落根！

龍夜手一緊，讓褐色木杖變回木塊，收回袖中。

狼形魔物嘴巴半閉著，發出戒備的聲音，牠的身體往前傾，前腳向前伸出，後腳彎起，做出了攻擊的預備動作。

龍夜鎖定魔物，腳步開始向後挪移，右手輕抖，兩張黃色的紙片滑落指間。他斜著眼，遲疑的看著紙片。

這兩張紙片的正統用詞叫「符紙」，是他離家時帶出來的防身武器，但這種武器在這個世界不好使用，會特別顯眼。

沒錯，但不代表現在不可以用。

因為附近沒人，龍夜直覺認為自己偷偷用一下應該沒關係。

「吼吼吼——」

魔物似乎認定龍夜對牠有威脅性，壓低著身體朝他撲去。

龍夜抓緊機會，符紙朝地一甩，大喊：「神行符，附。」

兩張「神行符」化為兩道光芒，附著到龍夜的腳上，他的身體瞬間變得宛若鳥兒一般輕盈，令他奔跑的速度直線上升。

這隻狼形魔物不是好打發的角色，當牠發現龍夜逃跑，立刻追上。

不斷追逐中，龍夜頻頻回頭，魔物一直在他的視線內，緊追不放。

「唔啊，居然跟這麼緊。」

龍夜慌張的抱怨，沒想到這隻魔物速度挺快的，虧他還想趁機跳到牠背上，偷拔牠身上的落根。

或許是一直注意身後的魔物，龍夜一時不察，眼前突然出現一棵樹，差點撞到，還好他雙腳一踏，轉而跳到樹梢上，改在樹枝上奔跑。

龍夜原以為可以打亂魔物的追逐，沒想到，魔物絲毫不受影響。

「嗯？」

在樹梢上奔跑的龍夜發現不對，他雙眉緊蹙，盯著樹下狂追的魔物。魔物的背上，那草色的葉片和白根似乎變了？

蠕動的白根像生物緩緩往上伸，其尖端朝葉片的莖幹攀去後，用力一扯，將葉片扯下，朝龍夜扔去。

——那東西，很兇暴的喔！

不知怎地，他的腦海裡驟然跳出院長先前的話。

「這已經不是用兇暴就可以形容的了啦。」

龍夜低頭閃過襲來的葉片，葉片直直釘在樹上，穿透大半的樹幹。他心有餘悸地看著葉片，內心直喊糟糕，馬上從樹下跳下。

落下時，耳邊可以聽到破空聲與物品刺入樹木的聲音，啪啪啪的。等他落地，魔物見狀，加快速度，朝他衝撞過來。

龍夜跳起，躍到魔物的上方，迅速抽出五張符紙，朝魔物一指。

「風呀，化為攻擊的利刃，風鐮咒。」

符紙發出青色光芒，引動周圍氣流，化為一片片的風之刃，襲向魔物。

「吼！」

魔物一吼，嘴巴發出強烈的氣壓，將風之刃彈開。

「欸欸，這太扯了，犯規。」

雖然嘴巴不斷抱怨，龍夜還是又快速抽出五張符紙。

「風呀，化為隔絕的障壁，風絕咒。」

五張符紙散發出淡藍色的光芒，把魔物包圍住。魔物不斷撞擊，想要把障壁撞裂，但風之障壁不受影響，依然阻擋著牠的腳步，讓牠無法前行。

龍夜趁此機會，再度抽出符紙，但這次僅有一張。是泛著青色光芒的符紙。

抽出同時，龍夜不自覺揚起嘴角，神情顯得十分得意。他輕輕把青色符紙丟下，青紙穿過結界，平貼在狼形魔物的額上。

「風鳴天耀。」

咒語從他唇中溢出。

青色符紙在一剎那間爆裂開來，化為點點青光隨風飄去，同時，魔物身體一僵，嘴角微弱的吐著氣，就此倒地。

龍夜看著倒下的魔物，揚起得意的笑，「我就不相信你還不倒。」

說完，他跳到魔物身旁，看著魔物的背部，伸手摸了摸像是與魔物一起被打昏的癱軟白根，用力一扯，將白根扯斷。

接著，他拿出指派任務的紙條，「落根」兩個字閃出一道金色的光芒。雖然僅有一瞬，他知道，落根到手。

「啊啊，太好了，我猜對了。」

他感動萬分的說著，將好不容易得到的落根收好。

當他確定物品收集完成的時，天上也正好飄下一片葉子，這是第三次，也是宣告任務時間的終結。

「結束了。」龍夜用手抓住葉子，十分感慨。

這時，葉子在他手上發出綠色的光芒，化成光點消失。

『終於結束了。自己完成任務的感覺不錯吧？雖然還要我給你提示就是了。』

暮朔誇獎之餘，不忘調侃自己的弟弟，讓龍夜發出悶哼。

「你一定要這樣打擊我嗎？」

龍夜有種誤交損友的感覺……不對，暮朔是哥哥不是朋友，所以這是家暴？

他才剛想完，暮朔馬上罵回來。

『死小鬼，什麼家暴，這是善意的提醒，嘖，好心被雷劈。』

龍夜無言，這善意的提醒對他來說太有殺傷力！不過——

「暮朔，你不要一直偷聽我想的話啦！」

雖然他們是共用身體的兄弟，龍夜想的、說的暮朔都可以「聽」到，但龍夜非常的介意，因為，他聽不到暮朔的「心聲」呀！

對他來說，這不公平，為什麼他是吃虧的那方？

『嘛，不小心、不小心的。』

暮朔見龍夜要朝倫聽這事進行抗議，馬上換話題，『剛才的葉片不是通知你時間到，要集合了?快點回去吧!遲到的後果很可怕。』

「啊，我忘了。」龍夜大叫，看了看周圍，拍頭低吟，「糟糕，跑的有點遠，這下子肯定遲到，可能會被院長殺掉。」

天際染成一片橘紅，黃昏之後，自然是傍晚。看著快要全黑的天空，龍夜趕緊加快腳步，因為和魔物追逐打鬥的關係，讓他遠離了原先的地方，時間要來不及了。

只是，龍夜不知道，在他離開之後，有個闇色身影從暗處浮出。

原來，龍夜在這裡的一舉一動，都被別人監視著。

那人手上拿著一張米白色的紙，紙上最開頭的地方，有一個紅色的大字「緝」——那是通緝的圓戳紅字。

他低頭注視那張紙，眼神抬起，目光停頓在龍夜離去的地方。

「銀髮、銀眼、雪白色的長袍，沒錯……就是他。」

黑色的身影發出低沉的嗓音，將手上的紙用力一捏，再緩緩鬆開手，瞬間，紙被艷紅色的火焰吞噬。

「咯咯……第一個找到了。」

黑影發出低低的笑聲，與身後的黑暗融為一體，消失不見。

「咦？」

不知何時，龍夜眼前所見，是一片白色的世界，而他正坐在一扇灰色的大門前，感覺自己的後領被人給緊緊揪住。

『小鬼，給我回神來。』

龍夜不自覺朝後望去，看到一名同時有著金色和銀色的異色雙瞳，身穿白色長袍，相貌與他相似的少年。

幾乎是瞬間，他嚇到跳起並大喊。

「暮暮暮……暮朔！等等，這、這裡是？」他到處張望。

暮朔不給他反應的時間，彈指，灰色的門應聲消失。

『內心世界，雖然有時間限制，不過將你抓進來討論的話，應該夠用？』暮朔撥了撥長到拖地的銀色挑金長髮，給了他肯定的答案。

龍夜頓時無言，他剛才在做啥？好像在趕路是吧！

要是他出現在內心世界，那麼……自己沒人操控的身體會怎麼樣？

突然，龍夜有一種非常不妙的預感，「暮朔，我想請問一下，我現在人在哪裡？」

『你不是在趕路？放心，你「昏倒」的地方我挑過，不會有人路過。』

看到暮朔露出燦爛的微笑，龍夜非常想要遠望一下，逃避事實。

『死小鬼，你遠望個什麼勁呀！快點回神。』暮朔環抱雙手，不給龍夜逃避的時間，一腳踹了過去。

「暮朔你太過分了！不給我替自己默哀一下的時間嗎？直接踢過來太狠了。」龍夜捂著發疼的屁股，忿忿的抱怨。

『這是父親大人說的，他說你到這裡後，可能會以為沒大人管，就任性放縱，所以遇到該打、該踹的事，我不必留手，可以盡情打、踹你。』

龍夜好想哭，他的父親大人居然授權讓暮朔來欺壓他。

『沒辦法，父親說，如果我到了異世界不好好管你的話，就算其他人再怎麼拉你去歷練，你還是一樣，只想要依靠別人幫忙，不會想要自行處理一些你自己可以解決的事情。』

「可是，我本來就不會。」龍夜嘟起嘴，不滿的反駁。

暮朔聞言，挑起眉，神色不悅，『那是你自以為的吧？實際上，你有先動手做過嗎？沒有，你還沒開始做，就斷言自己會失敗。』

說到這裡，幕朔忍不住搖頭嘆氣。

『唉，小鬼！你是不是忘記歷練的主要目的？你是真的要等到我死，你才會覺悟，才懂得自己尋找方法？』

「唔。」龍夜不知道該如何回答。

哥哥老是在說他要死了，一說就說了很多年，讓他沒什麼實感。

但聽說這次的歷練結束時，哥哥肯定就不在了，因此他會努力進行歷練的主要目的之一，是為了讓暮朔將來有一天可以拋下他，走的放心。

想是這麼想，龍夜遇事還是會直覺喊人幫忙，這是暫時戒不掉的壞毛病。

『看在你哥我快要消失……嗯？這樣說好像怪怪的？因為我不確定要掛掉的時間。除非找到那個人，找出解決的方法……啊，算了，說了你也不懂，先擱著。總之，父親大人把你的管教權交給我，你應該可以接受？』

暮朔像是說到心煩，隨手揮了幾下。

「可、可以，只是我希望你可以手下留情。」

龍夜無法反駁，暮朔說的是事實，既然父親決定讓暮朔當他的代理人，他只希望暮朔放手管教他之餘，注意一下下手的輕重，他不希望被自己的哥哥給凌虐至死呀！

『所以，你可以專心聽我說話嗎？』

看龍夜露出認命的表情，暮朔開始說正事，『小鬼，我一直覺得，你是不是搞不清楚時間場合的問題？』

「有嗎？」龍夜納悶地問。

『有。』暮朔肯定地說：『依你的思考模式，不管這裡是異世界，是初來乍到的水世界，你依然是用在「聖域」的心態，對待這個世界吧！』

所謂聖域，是他們以前住的那個世界的稱呼。

暮朔一見龍夜又想要遠望的模樣，就知道自己說對了。

『你呀!來到這個你不熟悉的鬼地方,還要煩那傢伙?害我總覺得要歷練的人不是你,是那傢伙,而你是陪他來的隨行者。』

「那傢伙?你說誰?」龍夜雙眸透出迷茫的色彩。

下一秒,暮朔根本不想忍耐,直接朝他的頭用力打下去,『龍月!我說的人是他,不然你以為我在說誰?』

龍夜聞言恍然大悟:「原來你說的人是月,我知道要歷練的人是我呀!而且,我沒有煩他,只是想要請他幫忙而已。」

『……死小鬼,你明明記得要歷練的人是你,還求他幫忙?算了,先別說這個,我問你,如果我沒有好心提醒,你打算怎麼做?』

「這嘛,船到橋頭自然直,時間快到時,或許我會想到方法?」

話一說完,龍夜就看到暮朔笑得非常燦爛,那抹笑意,讓他有死定了的感想。

『那你要聽聽看我的想法嗎?』

「呃,不用。」龍夜馬上拒絕。

『嘛,別害羞,聽聽看呀!』暮朔不給龍夜裝死的機會。

『我推斷，你就算到任務時間終結，還是找不出原因，一時情急，一定會使用大範圍的法術，把任務地點轟得乾乾淨淨。接著，就會……出現更多的麻煩，讓你慢慢的處理善後？』

龍夜啞口無言的呆住，真不愧是哥哥「大人」，把他的行為模式分析到就連他本人也無法反駁，這正是他不想聽的原因呀！

「那我問你，換作是你，你可以很快猜到落根是魔物身上的植物？」龍夜死中求活，做最後掙扎的反問。

暮朔聞言，想了想，『如果沒有院長說明，是不知道。』

「有說明呢？」

『那就不一樣了，你要知道，別人給的任務訊息不會是廢話，她會說出來，一定是有原因。只要好好推敲，答案自然會出現，也不需要在那邊做這麼久的白工，既浪費時間，又浪費體力。』

暮朔說到這裡，伸出食指，玩弄般輕輕推了一下龍夜的額頭。

「對不起，我錯了。」龍夜順著暮朔那一推，頭微微向後傾去。

看來，他還是太嫩了。

『還有，你一開始和那隻魔物玩你追我跑幹嘛？』暮朔沒有放過他的打算，收回手，嘴角邪惡的勾起。

『你的神行符使出後，可以趁魔物反應過來前，跳到牠的背上拔落根。你有必要跟牠玩這麼久？依照你的打法，純粹浪費符紙，一個不小心，還有可能被魔物打到重傷。』

「我、我沒有想這麼多。」龍夜乾笑。

『果然。』暮朔斂起笑容，嚴厲地說：『你要多想想！不然，一味的逃跑，吃虧的反而是你。不止是我不會在魔物身上耗費這麼多時間和符紙，如果你拿這個問題去問月，我相信他也一樣。下次如果再犯這種低級錯誤，就別怪我發火。』

「是。」龍夜低頭，表示他知錯了。

『算了，雖然過程不完美，最後任務還是完成了，不然我鐵定抓狂給你看，到時候你別怪我下毒手摧殘你。』

「……如果沒過，你還沒抓狂，月他們就先發火了吧？」

不用暮朔提醒，他也知道沒完成的下場會非常慘。

只是，他處理任務的不妥當方式，真的氣到暮朔了？不然怎麼一說起任務，就拉下臉來狂罵，害他差點以為是父親大人「降臨」。

看來，下次要多注意一下，如果又犯同樣的問題，可能不是被罵就可以解決……等等，暮朔剛才的話，最後一句似乎怪怪的？

「摧殘」！該不會任務沒過，哥哥會對他做出恐怖的事情？

龍夜想到這裡，身體不禁顫抖，還好他過關了，不然肯定會死很慘。

chapter 02 襲擊者

夜幕低垂，如水微涼的氣溫，說明著兩個世界的差異。

龍夜突然從偏離小徑的草叢裡清醒過來，一邊抹汗，一邊爬起。

終於逃離哥哥大人的碎碎唸攻擊範圍，他得快點趕回去，不然，晚點學院院長就會取代哥哥，對他進行新一波的精神摧殘。

沒有動用符紙，但絕對從走變成了跑的加快速度，大約幾十分鐘後，不到一小時的時間，龍夜就離開了首都外圍的樹林區域，回到挪亞首都——「銀凱」。

挪亞，是一個只有百分之二十一的部分是完整陸地的水世界，雖然有零星的陸地散落在各處，但是哪座小島上頭有人就不確定了。

想要在挪亞世界的各座小島間移動，只能搭船，因為其他種族的人就住在那些零星之地，而龍夜此時所在的地方，是挪亞世界的中央大陸，被稱為世界的中央，也就是人類所居住的都市——這些知識是他來到這裡之後才知道的。

當龍夜一靠近首都，馬上從空間收納袋拿出大大的灰白色披風，把自己裹得嚴嚴實實。他順手一拉兜帽，確定可以遮住臉，才往裡面走去。

對於自己近乎小偷的打扮，龍夜不得不嘆息。這算是亂救人的代價吧！他只能承受這個後果。

但是一想到進入學院的學區範圍，就不需要偷偷摸摸，他的心情總算舒坦不少。啊啊，有學院擋在上頭遮風蔽雨，果然是件好事。

龍夜心情一好，步伐又加快幾分。

趕路途中，他忽然注意到今夜的銀凱特別安靜。

雖然西區是住宅區，卻不是深夜，才傍晚而已，按理來說住宅區不會這麼快就全面熄燈，大街上也該會有人群走動。

可是現在十分冷清，只看到一、兩名居民外出行走，龍夜不自覺加快速度奔跑，因為他心中浮出不妙的預感。

他要去的是南區，學院專區，是學生集體居住的地方，到那裡就沒問題。

龍夜心裡盤算著，該怎麼走才可以很快到達南區，身形一轉，迅速竄入巷道之中。

然而不走捷徑還好，一走，龍夜就後悔了。

他選擇進入的暗巷內散發著惡臭，附近的垃圾桶堆滿了垃圾與餿水，那不斷散發出來的惡臭，讓他快速掩住鼻子。

雖然味道難以忍受，但要想快點回到學院，只能咬牙通過。

遠方的暗處，在不引人注意的地方，悄悄站立一道暗色身影。

那人斜靠在視線可及範圍外的屋頂上，緊緊盯著他的獵物。

原本還擔心在住宅區動手會太惹人注目，沒想到獵物會主動走小巷。他嘴角微微勾起，露出嗜血的微笑，像在嘲笑底下奔走的目標。

「以為披上斗篷，就沒人認得出來嗎？」

風，輕輕吹起，那人的衣袍隨風擺動。

他向前踏了一步，右手揚起，唸出無聲的咒語。

咒語完成，黑袍男子手中浮出一把闇色的弓，弓弦一拉，一個淡藍色的箭矢自動浮出，直指目標。

距離一點一點的拉遠，他不心急的等待著，等待對方鬆懈的瞬間。

很快的，目標再轉過一個巷道，前方便是通往學院專區的入口。

匆忙趕路的龍夜，望著拐彎處大鬆口氣，正要穿過去時，旁邊突然響起低沉的撞擊聲。

他嚇了一跳的停下腳步，朝聲音來源望去，同時抖了抖袖子，一個褐色的木塊從袖裡滑入他的掌中。

龍夜小心翼翼看著周圍，腳步慢慢往後退。

「匡噹」一聲，附近的垃圾桶倒地，一隻黑色貓咪快速跑開。

龍夜瞧見奔離巷弄的貓咪，緊張的情緒頓時放鬆，「什麼嘛，我還以為是敵人，結果是我太神經質啊！」

像要平復心中的緊張感，他苦笑著，正要把武器收起。

驀地，龍夜猛一旋身，大喊：「解。」

伴隨解放木杖的嗓音響起的，是金屬的碰撞聲。

「鏘！」

一枝藍色的箭矢被龍夜的木杖彈飛，掉落地面。

他直勾勾盯著地上化為青煙的箭矢，挺訝異自己居然擋得下來，一時間有些茫然，沒有其他動作的呆呆站在原地。

『敵襲，注意，別恍神。』

暮朔的警告在他的腦海中迴盪，龍夜聞言趕緊回神，飛快掃視附近，卻礙於他在陰暗巷弄，又是夜晚時分，無法看清襲擊者的方位與地點。

明明學院入口近在眼前，卻有不速之客阻擋去路……

此時的龍夜有兩個選項，一是找出襲擊者，打倒他；二是二話不說，不管有沒有襲擊者，直接跑入學院。

完全不用思考，龍夜大大吸了口氣，直接選擇第二個選項——

收起木杖，拔腿就跑！

當然，他這個舉動換來了暮朔的叫罵聲。

『死小鬼，跑什麼跑？敵人來了就給我打回去。』

深知自己弟弟不想與人衝突，更正，是不想跟人戰鬥換來一身傷，於是挑了比較好的選項，但暮朔非常不甘心。

明明不久前才針對「戰鬥意識」這部分，狠狠警告過自家弟弟的。沒想到龍夜在內心世界乖乖認錯，一出來就故態復萌。

敵人的攻擊擺明了是要下殺手，更是不會輕易放弟弟離開。

所以，暮朔不得已，乾脆對龍夜喊道：『現在是晚上，屬於我的時間，我看你快點找個牆撞昏，讓我出來對付躲在暗處偷襲的小人。』

跑路中的龍夜聽到這番無良的建議，差點想停下腳步罵人。

「……我可以不要打昏自己這個選項嗎？」龍夜咬牙回答。

他的哥哥大人太過分了！什麼找牆撞昏自己。

雖然身體的主人是龍夜，但暮朔畢竟不是「完全」的死去。一旦到了夜晚，暮朔的靈魂活躍程度會大幅提升，只要以「睡」作為關鍵，來當作雙方魂魄的切換方法，這個身體的主導權，就可以暫時性的被改變。

昏迷當然屬於「睡」的一種。

另外，如果龍夜在白天被人敲昏，暮朔也可能出來。不過，暮朔沒有告訴過龍夜，每一次在白天控制身體，他就會感覺離死亡的時間似乎就要到了……

見龍夜毫不考慮地拒絕，暮朔暗嘖一聲，決定直接等他被敵人敲昏。

躲在高處，手持暗色弓的黑袍男子並不意外龍夜的逃跑舉動，他勾了勾嘴角，露出一抹詭譎的笑。

第一發，射出藍色的風之箭後，他並沒有再次拉弓，反而從衣袍中拿出一個看似鉤子的箭矢，在指縫間玩弄了一會。

「想逃？你是逃不了的。」

鉤狀箭矢搭上，射出。箭劃出弧形，朝龍夜的方向射去。

此時，龍夜正要跑出巷口，衝向他美好的逃生地點，一枝箭矢橫空射出，在這微妙的關鍵點上，勾住了他的灰白色披風。

「什麼？」龍夜被箭矢的力道帶的跌倒在地。

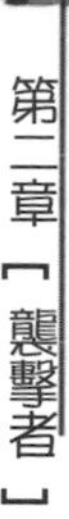

那人趁此機會，虛空一拉，龍夜連人帶勾的憑空飛起，往巷子裡飛回。

龍夜瞠大雙眼，充滿訝異，不敢置信對方會使出這樣的招數。

「砰、匡噹！」

龍夜的身體猛力撞到巷道的牆壁，還將周圍的垃圾桶撞倒。他吃痛地發出嗚咽聲，按著發疼的背部，忍痛爬起。

「開、開什麼玩笑……脾氣再好的人被這樣鬧，也是會生氣的。」龍夜低聲怒罵，決定反擊，拿出木杖直指著天際，喊道：「雷鳴。」

夜空閃出一道雷光，隨著龍夜一指，雷電打上牆壁，下一刻，牆壁整片整片的裂開、傾倒，塵土瀰漫。

龍夜趁機抽出兩張符紙，偷偷拋出，符紙瞬間消失，化出陣陣白煙，夾帶揚天的塵土，遮蔽了他的身影與躲在高處的黑袍者視線。

男子瞇起雙眼，將弓拉到滿弦，朝煙霧中央指去，「別賣弄小聰明，小子。」

語落，男子的周圍浮出強力的風勁，以手中的弓為中心，風勢不斷壓縮凝聚，聚集且化成一枝深藍色的箭矢。

而躲在煙霧中的龍夜將注意力集中在「出口」上，沒有發現遠處風勢的變化。身體微挪，龍夜調整姿勢仍在等待，暮朔卻感覺到一股莫名的壓力。

『夜，快跑！』

暮朔都開口了，龍夜馬上拔腿狂奔。

同時，男子的攻擊也準備結束。

「暴風。」

手指一放，風之箭矢射出。

攻擊帶動風勢，把巷弄中的白煙吹散，箭矢宛如蛇行，且彷彿可以感應龍夜的所在地，猛地一轉，直接朝他的背後刺去。

男子唇角揚起，看著深藍色的弓箭狠狠刺穿少年。當他以為目標已經斃命，沒想到，被箭矢射中，面露錯愕神情的龍夜化成煙霧，在他的眼前消失。

「什——」男子的話語卡在嗓眼。

他身後被一個物品抵著，隨之傳來一道慵懶的嗓音。

「呦，偷襲啊，這位先生，這是不好的行為，尤其是在即將抵達學院的外圍區域，更是不可以的哦！」

黑袍男子忽然朝旁邊一跳，猛一轉身看向來人。

那是一名黑髮垂地，身穿白襯衫、黑色長褲的青年，右手還拿著一把銀白色的摺扇。

青年對他笑了笑，將摺扇收入袖中。

黑袍男子瞇起雙眼，仔細的打量青年。這人，他從未見過，是少年的援手嗎？他不確定，小心起見，最好維持戒備。

無視男子的防備，黑髮青年沒有任何的防範，隨意將目光轉移到身後。

那裡，站著的正是被人襲擊的龍夜。

「那個……多、多謝搭救。」

龍夜怯生生的向青年道謝，然後，他將視線移到偷襲者身上。

偷襲者身穿黑色長袍，略長的帽簷遮掩住他的容貌。

問題是，光看個頭和裝扮，龍夜確定自己不認識、沒見過，那麼，這個人為何要置自己於死地？另外，他也朝黑髮青年瞥去一眼，同樣感到陌生，他對青年向自己伸出援手的事，更是感到納悶。

難道自己一時手賤救了別人，就會有人好心跑來救自己？

不是吧，這年頭「救人」又不會傳染。

那時候，當夾帶強烈風勁的箭矢即將射中龍夜，黑髮青年驀地出現。當時他認為青年是襲擊他的人，不只使用弓箭偷襲，還特地現身攻擊。

龍夜以為自己的小命不保了，沒想到，青年直接反手抓著他的領子往屋頂跳，同時，還朝他原先所站的地方丟了一個奇怪物品過去。

之後的事，就跟黑袍男子所看到的一樣，而龍夜心裡的疑問，也跟黑袍男子一樣。

黑髮青年對龍夜的道謝不以為意，淡淡回答，「不用說謝。」

「你是誰，為什麼要攻擊我？」

龍夜愣了愣，決定先將青年救他的疑惑壓下，對偷襲他的男子發問。

黑袍男子嘴角輕揚，反問龍夜，「為什麼？你應該知道的。」

龍夜神色一凜，腦海浮出那個人的身影——那是他初入這個世界時，所救之人的身影，

他暗嘖一聲，向後退了一步，內心不斷吶喊。

虧他這麼小心，結果他的行蹤還是被敵人發現了。

最奇怪的是，龍夜注意到，他那位親愛的哥哥大人從剛剛開始，應該說，從他被人救了之後，就沒有出聲。

對此他有不妙的預感，難道這位兄長，是打算放他一人對付黑袍男子？

發現目標莫名其妙在發呆，黑袍男子飛快的舉弓，直指天際，快速拉放弓弦，無數枝風之箭矢在天上形成，下一刻，男子舉起空著的手，用力揮下。

藍色箭矢在這瞬間，朝黑髮青年和龍夜的位置狠狠射下。

龍夜見狀，握緊手中的木杖準備反擊，沒想到，身旁的黑髮青年對他做出別動手的手勢後，右手輕抖，折扇從袖中滑下，「嘩」的一聲打開，再輕輕一揮，揚起強烈的風。

龍夜差點因為突來的暴風而飛了出去，下意識閉起眼睛、用力站穩，而青年施展的風勁讓風之箭矢偏離攻擊軌道，全部在兩人的前後落下，直直釘入，無一命中。

「這、這怎麼可能？」黑袍男子訝異的看著露出輕鬆笑容的青年，就那麼一把扇子，居然可以把他的攻擊打偏。

龍夜一睜眼，只看到威脅消失、黑袍男子正呆愣著，來而不往非禮也，龍夜立刻舉起木杖。

「雷啊，雲啊，聚集、聚合，化為審判之刃，攻擊襲擊我的敵人。」

天空霎時烏雲密佈，雷聲轟隆作響，下一秒，暗沉的空中無數的銀光落電，往黑袍男子的位置打去。

黑袍男子尚未反應過來，已被雷打中，兩眼一翻，昏厥過去。

「哼。」青年對男子這麼不耐打感到不悅，走到男子身旁，用力踢了一下，確定他沒有醒來，蹲下身，手探入他的衣袍，翻找男子身上的物品。

「請問……」龍夜見青年正在「趁火打劫」，想要阻止他，卻不知道該說什麼好，「那個，他昏過去了不是嗎？你是在做什麼？」

青年沒有理會他，依然自顧自的翻找東西。

沒辦法之下，龍夜只好湊到對方身邊伸出手，「請問，你在找什麼？」

他想，這一次他擺出幫忙的動作，青年就算「再忙」，也會回答他吧？

果然，青年直言回答，「沒什麼，我只是想確定一下。因為這裡是學區邊緣，通常不會有人跑到這裡行兇……啊啊，找到了。」

黑髮青年從黑袍男子身上找出一個白色的木製牌子，那是僅有手掌般的大小，中間刻有

「獵」字的木牌。

「這是什麼？」龍夜指著黑髮青年搜出來的木牌。

青年起身，手指一彈，白色木牌彈起，落下時，他迅速一抓，收到褲子口袋裡。

「是獵人的標記。」

「獵人的標記？」龍夜不懂。

「嗯，他們是光明教會培養出來，專門獵殺黑暗教會的人，簡單來說，就是教會養的狗。」黑髮男子瞥了龍夜一眼，「你是黑暗教會的？要不，怎麼會被追殺？不過，在這裡不論你是什麼人，都沒有關係。」

——因為學院是中立的。

青年沒有說出口，龍夜也明白他的意思。

中立的學院，不管進入學院的學生身分，一切平等，沒有特別的存在，不管大小事，都得依照學院規章走，無一例外。

龍夜銀眸微瞇，對青年的話不滿，「被他們攻擊，就代表是黑暗教會的人？我不是，我只是莫名其妙就被追殺的無辜人士。」

「嗯哼，原來如此……」青年的話語尾音詭異的揚起，卻不繼續說下去。

「什麼啊！」

龍夜感覺很不舒服，剛想繼續說下去，卻聽見了鐘聲響起。

「噹、噹、噹——」

嘹亮的鐘聲，響徹夜間，鐘聲一停，龍夜失控大喊：「糟了，時間到了。」

這是最後的任務宣告時間，鐘聲一響，他必須要出現在集合地點。

同樣的，黑髮青年朝學院方向望去，「我也該走了。」

話完，青年的身影一晃，在龍夜的眼前消失後，他原先所站的位置卻多出了兩名身穿學院護衛隊制服的人。

「該死，又讓他跑了。」

「風你這傢伙，居然一看到我們就跑啊！」

兩名男子不顧形象地在屋頂上大吼，龍夜只能在一旁尷尬地搔著臉頰，想著該怎麼找機會離開這裡。

「小子，你在這裡做什麼？」

兩名男子終於注意到同樣站在屋頂上的龍夜，異口同聲詢問。

龍夜二話不說，指著倒在地上的黑袍男子，一臉無辜的說：「我是學院的學生，回學院的途中被這個人攻擊。呃，大致上，事情是這樣的……」

為了杜絕以後的麻煩，龍夜把事情的經過概略說出。

那兩個人聽完後，其中一人揮了揮手道：「這個人交給我們處理，學院的鐘聲響了，你快點回去。」

龍夜點了點頭，快速往學院內跑去，他希望自己至少不要遲到太久。

離開學院的邊緣地帶，沿路可以看到兩旁的楓樹林。

龍夜不斷往前跑，偶爾抬頭看向遠處三座呈三角形排列的白色高塔。它們是由白色的魔法晶石砌成，一到晚上，三座塔會自動發光，周邊的一大片楓樹林是學院標誌，更是開辦百年的學院名字由來。

據說「楓林魔武學院」的周圍風景，是諸多學院中最美的，但龍夜卻不想停下腳步觀賞，他一心只想要快一點到高塔，而越跑他越有種這片樹林怎麼好長又好長，好像跑不完的怨念。

好不容易，當他出了楓樹林，抵達高塔前，一句甜美的嗓音讓他驚恐地停下腳步。

「你、遲、到、了。」

龍夜僵硬地朝聲音傳來的方向望去，那是一名面帶微笑，有著褐色捲髮，方形眼鏡下，可以看到酒紅色眼眸的女魔法師。

「艾、艾米緹院長。」

「你遲到了！」艾米緹雙手扠腰，重複剛才的話。

「可是我完成任務了。」龍夜急忙地拿出了裝著三個物品的錦囊包，在艾米緹的面前搖晃著。

「嗯？」艾米緹拿過錦囊包，粗魯的打開，「嘖嘖，真的完成咧！」

龍夜聞言鬆了一口氣，沒多久，又因為艾米緹的一句話，緊張起來。

「可是，太慢了。」艾米緹不悅地說：「你把魔法院的面子輸光光啦！真沒想到我們居然輸給武鬥院，氣死我了。」

她就像個討不到糖的孩子，跺腳生氣。

當艾米緹憤恨發火時，有著褐髮綠眼，身材魁梧的中年男子走到她的身旁，輕拍她的肩膀嘆道：「別怪罪到院生的身上，是妳自己要跟我打賭的。」

「拉莫非！」艾米緹轉頭大吼，瞪視武鬥院院長拉莫非，酒紅色的眼眸就快要冒出火來了。

「妳跟我打賭，抽中籤王的院生不會完成任務，但會準時回來。」

龍夜聽完差點沒昏過去，自己的院長居然賭他會沒完成任務的準時回來！

「拉莫非，我叫你住口。」

拉莫非無視艾米緹的抗議，「我說他會完成，但是會遲到。我贏了。」

龍夜聞言，心裡嘀咕幾句，這兩位院長的「打賭」有夠奇怪。

「拉、莫、非。」艾米緹雙手扠腰，一臉憤怒，她從暗紅色魔法師袍中拿出一把鑲有紅寶石的木杖，直指著中年男子。

拉莫非見狀，雙手握拳，揉一揉戴在手上的半指拳套，做出攻擊姿態。

「呃，兩位院長。」龍夜舉起手，明知不該打斷，但他還是喊了。

「什麼事？」艾米緹和拉莫非有默契的異口同聲。

「我可以回去了嗎？」龍夜一臉的無辜。

「咳，可以了。」

艾米緹發現自己失態，馬上退後幾步，把手上的木杖收起，困窘的乾咳幾聲。當她把木杖收回，拉莫非也把拳頭放下。

龍夜受不了的嘆氣，院長太孩子氣了！不過另一個院的院長也差不多。

他朝兩位院長躬身，用逃難般的速度離開現場。

此時，有許多參與學院任務的院生，都在三座高塔前聚集了。

當龍夜穿過數名院生，走到較為遠離艾米緹的地方，熟悉的嗓音，讓他停下了腳步飛快轉頭看過去。

「辛苦了。」

「月——」龍夜找到目標了。

「辛苦了。」龍月繼續說道：「有找到嗎？」

「是啊！」龍夜想到那個慘烈的過程，不由自主的嘆了口氣。

「可以問詳細經過嗎？」龍月揚眉，凝視著龍夜。

龍夜正想說明，話卻哽在喉頭，「不了，跟你說，你一定會笑死。」

兄長的提點，和後來跟魔物搞笑似「來追我啊」的你追我跑，他一想起來就尷尬的半死，解釋？過程？算了，他不想回憶。

沒想到龍月誤解成另外一個意思。

「你請暮朔幫忙了嗎？」龍月冷著臉，嚴厲的話語從唇中溢出，「我說過，這個任務只能你自己解決的。」

龍夜看龍月發怒，趕緊揮手解釋：「不不不，不是這樣啦！任務是我解決的，只是過程回想起來，會覺得自己挺白痴的，不想說明。」

直到龍月的神情恢復，龍夜這才吐了口長氣。

「自己解決的就好。對了，你身上法術殘留的氣味很重，出事了？」

龍月關切的問，可是龍夜好半晌沒有回答。

「你不會是偷偷使用法術找落根？這裡是異界耶！說過多少次不行了，你還這麼做，這可是會……」龍月一下子不知道該怎麼說。

「沒有用法術找啦！只是，如果你有幫忙，我就不用被暮朔調侃，也不會失手引來魔物，然後混亂的打完一場。」龍夜哀戚地說。

龍月聞言，先是一愣，然後抬手重重敲了龍夜的額頭一下。

「月你幹嘛打我？」龍夜捂著頭叫痛。

「沒有，只是突然想打。」龍月無奈嘆氣，將手縮回，像是轉移話題，「你跟魔物動手？是打了多久、多激烈？讓你身上法術氣息殘留的這麼明顯？說實話，不要騙我喔！你應該知道，騙我的話，可是會……」

「可是會怎樣？」

龍月的話被人硬生生的打斷。

龍夜和龍月同時朝旁邊望去，那是一名有著長至腰際的緋紅色長髮與瞳色的青年，髮尾用銀白色的髮帶束起，但看起來鬆垮垮的，好像有沒有綁都沒有差。

說不定沒綁還比較好。

紅髮青年瞇起如紅寶石的雙眼來到他們身旁，默不作聲地看著他們。

龍夜低下頭：「……緋煉大人。」

紅髮青年的名字是龍緋煉，他是龍夜的「指導者」。

「嗯。」龍緋煉點頭，代表他有聽到。

「緋煉大人不是回宿舍了？」龍月有些錯愕於他的出現。

「呵，明明已經高分解決任務，現在應該在宿舍納涼休息的我卻出現在這裡，讓你很苦惱？」龍緋煉噙著一抹微笑，揶揄著龍月。

龍月只能苦笑，不知道該如何應對，誰叫這位大人的位階比他要高！

這位龍夜的指導者，可是龍族眾多分族的族長之一，要不是因為身在異界，不需要特別守禮，就算龍夜是族長之子，見到他也是要乖乖的下跪。

當然，龍月也一樣。

好在來到異界時，龍緋煉就特地交代他們，把那些麻煩的禮節全都忘記，頂多是強調喊他的名字時要加上「大人」而已。

龍緋煉把目光移回龍夜身上，淡淡地說：「小鬼你動手了。」

「嗯。」

「誰？」

「光明教會培養的黑暗獵人。」

「哦？」龍緋煉語氣上揚，帶了幾分興致，「說來聽聽。」

「好。」

龍夜應聲，開始說明他遇到黑暗獵人的經過。

「最後，你被一名叫『風』的男子所救？」龍月最感到好奇的，莫過於這位神秘男子的出現了。

「應該吧！」

龍夜不確定救他的那個人的名字，不過從學院護衛隊出現時喊出的話來判斷，那個黑髮男子的名字大概是叫「風」。

「這個人有點怪，他突然救我，拿走了木牌，又一聲不響的離開。」

「風？好熟悉的名字。」龍緋煉右手抵著下巴，仔細思考著。

「咦？緋煉大人認識？還是聽說過？」龍月追問。

「學院裡好像有這一號人物。」龍緋煉眼簾低垂，仔細思考，「沒記錯的話，學院的『重要人物』裡有這個名字。」

對龍緋煉這一席話，龍夜不會懷疑，只會相信。

眼前這人是他們一行人中，唯一一個把學院裡的知名人物給調查過一遍的恐怖分子，當然，龍緋煉的解釋是這是在水世界生活的必要手段。

畢竟，他們對挪亞大陸來說是外來者，在事事都不清楚的狀況下，對這個世界要多加調查，以策安全。

龍緋煉指導者的身分不是白當的，對於挪亞的基本構成他有幾分了解，只是他不想說，因為需要歷練的人不是他，是龍夜。除非有必要，他也不會告知龍夜其他訊息，必須要由龍夜本人「自行」探索。

只是，龍夜一進挪亞世界，就救了不該救的人。

對方發現他們不知道他的身分就給予援救一事感到訝異時，龍緋煉掰出一個「邊境居民」的藉口，來搪塞對方。

更讓龍夜沒想到，這爛得要死的理由，對方竟然相信了，還好心的帶領他們來到可以暫時躲避、寄居的旅店，解決他們流浪街頭的首要問題。

龍緋煉便趁這個機會，讓龍夜好好惡補一下挪亞世界的情報與資訊。

誰知道，效果非常的差，一週下來，龍夜還是對這個世界一無所知。

後來，一出旅店，就常常莫名其妙被人追殺。

當他們為這個問題犯愁（龍緋煉除外），剛好有一封匿名信寄到旅社。

龍緋煉收下了信，信中告知他們楓林學院要開學的事情，並附上四張報名表，要他們去學院參加考試，進入學院就讀。

這也是他們來到學院的主因。

到目前為止，龍夜還不知道寄件人是誰，又是為什麼要寄信給他們。

猜想中，龍夜以為是那位被他救了，然後害他被追殺的人寄出的信，大概是想報恩吧？讓他們進入中立的學院，就可以免除追殺。

只是依照現今狀況，想要徹底結束追殺風波，難。

龍緋煉並不希望來歷練的龍夜從頭到尾該學的沒學、該會的沒會，一路在追殺中逃到歷練結束，那這次就白來了，可惜短時間內要平息追殺，似乎不可行，跟光明教會扯上關係嗎？麻煩大了。

「啪啪。」

突然傳出了拍掌聲，龍緋煉的思考被打斷，他皺緊眉，朝聲音發源地瞥去。

「各位院生，回神、回神。」魔法院院長艾米緹一邊拍手，一邊喊著，「院生們辛苦了，今天完成任務的院生只有三分之二，很少啊……」

艾米緹似乎對人數很有意見，「所以沒完成的三分之一院生，給我豎起耳朵聽著，我想，你們應該知道自己的下場了吧？」

她大吼著，場上那三分之一的院生被嚇到，接著他們緊張地吞著口水，像是殺人犯在聆聽法官的最後判決。

艾米緹笑了笑，「你們這些無法完成任務的人，全部去D班。」

聽完判決的院生們，一個接一個的倒抽口氣，真的是D班？那個學院級別最低的D班，沒有任何福利，最低等的班級？

其實他們的心裡還抱著一絲期望，希望院長是開玩笑，不會真的讓他們去最爛的班級，沒想到，院長是一臉的篤定和堅決。

「……艾米緹，妳真狠。」一旁的武鬥院長拉莫非語帶批評，只是，此時拉莫非臉上的笑意和他口中的話完全不符。

「沒用就是沒用，我的決定哪裡狠了？」

艾米緹揚聲，故意對著拉莫非開口：「我早說過了，不是嗎？沒有完成任務的院生要去最差的班級，是他們不把這句話放在心上，怪我呀？能讓他們知道自己的能力在哪不也很好？如果不甘心待在D班，就想辦法增強實力，讓自己的班級等級提高呀！」

她接著又轉過頭，「剩下的院生，你們也別幸災樂禍，給我聽著。」

另外三分之二的院生也豎起耳朵，他們想知道自己分到哪一班。

「除了一開始就通過的那位。其他的，明天來這裡集合。好，結束。」

艾米緹正要離開時，有人叫住了她。

「等一下。」

「誰啊？」艾米緹不悅地回頭。

「是我，院長。」龍緋煉慢悠悠地舉起手，「加我進去，不然很無聊。」

「隨便，但是你的級別確定了，參加做什麼？」艾米緹擺擺手。

「呵，因為無聊啊！」龍緋煉笑著說。

但這樣的笑容，在其他的院生眼裡，更像是惡魔的微笑，充滿惡意。

「緋煉大人是故意來亂的。」龍月替他的言行下了註解。

「你怎麼知道？」龍夜歪了歪頭，很好奇。

「直覺。」龍月一臉認真的說著。

龍夜無言，不過他說的對，緋煉大人什麼不怕，就怕無聊，他故意來亂是肯定的，只是，不知道這位大人會如何出手就是了。

高塔前的集合解散後，剛剛離開眾人的視線範圍，走進楓樹林，因為太累了，龍夜又想抄小路的走捷徑，突然，眼前一花，龍夜眨了眨眼，訝異的發現他「又」站在白色的空間裡，那一瞬間，他真的想把自己打昏算了。

『嘿嘿！』

聽到身後傳來詭異的笑聲，龍夜顯得非常無力。

「暮朔，你怎麼又拉我進來了？」

『嘛，以後這種事只會多，不會少，不需要奇怪。』暮朔笑著回應。

「呃，我、我知道了。」龍夜開始暗自祈禱，希望躺倒路邊的自己，不會被路過的人「任意踐踏」，醒來時最好四肢無缺啊！

令他無奈的是，這種在別人眼裡不挑時間、不挑地方的隨地「入睡」，以後可能會常常發生，那自己一定會被別人當成怪人的。

『小鬼，你說看看，你被黑暗獵人攻擊時，腦袋裡想啥？』暮朔環抱著雙手，抬起下巴，自顧自的直撲主題。

「我、我以為這條小命要沒了。」龍夜心有餘悸地回答。

而他悲憤的感想一出口，換來的是暮朔的白眼。

『只是被偷襲，不會掛掉的！我不是提醒你有敵人？』

「是有提醒。」龍夜點點頭。

『提醒你了，你卻給我跑掉。』暮朔狠瞪龍夜一眼，『時間是黑夜啊，你打不過還有我可以接著上，這種絕對不會死，還可以輪著毆打敵人的架，不打白不打，下次遇到這種狀況，不准偷跑，要找出敵人，正面與他對決。』

「可是，學院就在眼前，幹嘛不跑？你上次才說要我多想想，要以最快速度處理事情，不要又玩你追我跑的。」

龍夜難得有自信的大聲回話，堅決自己說的對。

『可是襲擊你的獵人也知道呀！』暮朔忍住打人的衝動，耐心解釋，『他會挑那個時候攻擊你，代表他有萬全的準備，讓你想跑也跑不了。』

「嗯？這麼說也對。」

想到獵人那個奇怪的鉤子箭矢，龍夜一臉嘆服。

『所以，遇到這種類型的敵人，要反擊而不是逃跑！不過嘛，這次我難得要誇獎你。你終於動腦了，居然會用煙霧來遮蔽上方敵人的視線，雖然手法生嫩了點，但是對比你一貫的破壞模式，能想到這點很不錯。』

聽到自己被誇獎，龍夜愣住了，嘴角開始往上揚。

暮朔不在意龍夜閃亮亮的興奮表情，繼續道：『美中不足的是，你逃跑的時候忘了注意後方。要是沒有被突然闖入的人搭救，你的小命就沒了。』

「……暮朔，你如果少說一句話，我會很感動。」

不過，那名獵人的確很棘手，擅長躲在高處偷襲，龍夜根本沒辦法應付，就算放煙霧逃跑，一樣被他會轉彎的武器差點把小命打掉。

「對了，暮朔，那個救我的人，會不會被獵人追殺？」龍夜想到那名黑髮青年，擔憂地問。畢竟，獵人原本的目標是他，被青年這樣攪和，不知道之後會不會被報復。

『我哪會知道？被追殺是他家的事情，你管不了。』暮朔發出呵欠聲。

「還有分班測驗……」

『沒開始的事情就別操心，你只要先關心眼前的。』暮朔抬手，把話題拉回來，『那傢伙的事情你打算怎麼處理？』

「嗯？你說月？」龍夜茫然了，「什麼怎麼處理？」

『不會吧！死小鬼，你沒發現？』

好在他已經習慣這小鬼的慢半拍，要是其他人，應該吐血身亡了！

『沒發現就算了，這個，晚點再跟你說。』

暮朔沉思，他下一次逮到機會時該怎麼說，這小鬼才會一點就通？

chapter 03 宿舍的室友

「好累啊，真不想走……」

從陰暗角落爬起來的龍夜，很想讓哥哥大人走回去宿舍。

可惜，哥哥大人一副「那是你的工作」的惡劣姿態，拒絕接手。

沒辦法，龍夜只好「醒過來」，準備靠自己走回去。邊走時，他邊疑惑，哥哥大人既然可以任意的拎他進內心世界，幹嘛先前還要他先弄昏自己，才能把身體接手過去？難道自己被弄進內心世界的話，哥哥不能接手出來？

這樣也好，至少不會被哥哥強行「換人」。

龍夜安心一點的鬆口氣，又一次的抱怨，「好累啊！」

『很累、不想走？』暮朔忽然出聲了。

只是，接下來的話，讓龍夜很想翻白眼昏死過去。

『那你要再進來，讓我給你增加動力嗎？死小鬼，時間呀！你浪費掉很多我的時間啦，快點回去躺到床上，把身體讓給我。』

「死暮朔，我想起來了，之前被追殺時，你幹嘛沉默？我差點死掉。」

龍夜想到讓他生氣的事，立刻多了點精神，忿怒開罵。

『有人救你，我就不需要說話打亂你的思考。』

這是騙人的吧？龍夜不以為這是答案。

『誰讓你不聽我的話，選擇逃跑的。』暮朔乾脆的挑明了。

龍夜真想要撞牆打昏自己，所以那時候哥哥不說話，是故意報復？他就說嘛，平常一到晚上，暮朔就會吵著出來，今天那種危急場面，居然沒有說話的任由他在生死邊緣打轉！

「算了，我沒力氣罵你。」龍夜沒有跟暮朔吵的鬥志。

他現在站在一個很長的階梯下方，完全不想上去，誰叫它的階梯數太多，多到讓人不想走，一千八百階啊！這可不是開玩笑的數字。

是的，這就是讓楓林學院的院生們怨聲載道的惡魔階梯。

雖然附近有一個傳送陣，可以使用它傳送到階梯的最頂端，但這時間，已經沒有負責傳送的魔法師值班了。

龍夜只能認命，拖著疲憊的身軀，踏著緩慢的腳步開始往上爬。

而在他動身之後，暮朔突然開口：『為了不讓你爬到崩潰，我們來講點可以轉移注意力的事情。嗯，就說剛剛在內心世界沒說清楚的那件事好了，吶，你想不想知道，月那傢伙為什麼會動手敲你？還敲得夠狠，看你額頭都紅腫了，他一向下手不狠的。』

龍夜努力邁著腳步，氣喘吁吁的發問，「你知道原因？」

對於龍月突來的攻擊，說他不想知道原因，是騙人的。

『我先問你，除去我這個沒身體的靈魂以外，緋煉、疑雁小鬼還有月那傢伙，這三個人裡，你最信任誰？』

「當然是月啦！」龍夜想也不想地回答。

『在這裡，唯一會幫助你的人也只有那傢伙吧！』

「嗯嗯。」龍夜點頭。

『在這個鬼地方，你能依靠的人只有那傢伙，可是那傢伙其實對這裡不熟，你一直單方面的騷擾他，無形中給了他不小的壓力！你要是想搞到那傢伙不想理你的話，我非常歡迎，我馬上幫你搞定。』

暮朔發出惱怒的嗓音，他已經忍無可忍了。

「暮、暮朔你別生氣，可是我平常也是這樣呀！這樣他會有壓力？」龍夜嚇到了，緊張地問。

『此一時彼一時你沒聽過嗎？在聖域，你再鬧，他也隨便你！可是，這是哪裡？水世界挪亞啊！在這個人生地不熟的鬼地方，你還任性的煩他？你當他是神仙，你想要解決的任務、想知道的事，他都能有問必答？』

暮朔的話，讓龍夜驚訝到說不出話來。如果沒有人說，自己根本不會發現龍月對這裡不熟，他完成任務的速度明明很快。

『我希望你記住這點，要歷練的人是你，不是他。那傢伙敲你一下算輕了，如果是我，會直接賞你幾腳，踹到你覺悟！』

龍夜仔細想想，龍月敲他的時候似乎非常無奈，跟以前無可奈何的放縱不一樣，難道是希望自己開始學著不要依賴他？

『嘛，我知道說歸說，一時之間，你很難改變。你只要知道，對這個世界，他跟你一樣是新手，你可以和他討論，就是不能纏著他幫你做事。』

「呃，這樣的話好像……」

『不准說麻煩，也不可以說詭異。』暮朔大吼：『你如果要我強迫「規定」你只能做什麼，我是不會介意的哦！』

暮朔威脅的話一出，龍夜馬上點頭。

「好，以後遇到任務的事情，我不會一直煩他幫忙。」

『嗯？你剛剛回答我啥？』暮朔咀嚼著龍夜的話，『唔，雖然你的回答有很多漏洞可以鑽，不過，我相信你沒那個能耐，我勉強接受好了。反正，下次如果再發生相同的事，你就死定了！』

見暮朔終於放過他，龍夜鬆了口氣。

不過，暮朔說的，他還是要認真想一下。

如果一直給龍月添麻煩，會讓龍月拋棄自己，那他還是少做為妙，更何況暮朔會因此對他大小聲，他的耳朵和腦袋可受不了那種音波攻擊。

不知不覺，龍夜回過神時，他已經費盡千辛萬苦，走完了長到恐怖的階梯，一踏上階梯的最後一階，映入眼簾的正是楓林學院宿舍的大門。

「……到了。」龍夜剩下半口氣了。

『是啊，你走的真慢。』暮朔壞心的笑著回答。

其實龍夜可以使用符咒讓自己更輕鬆的走樓梯上去，可能是他太累了，完全沒有想到，而暮朔則是根本不想提醒的待在一邊看好戲。

他想，要是在這時候告知龍夜，這小鬼鐵定會哀號，肯定很有趣，不過，為了不再浪費屬於他的夜晚時間，他放棄了揶揄的打算。

『快進去吧？』暮朔催促著。

在龍夜眼前的宿舍，是用古老的特殊建材建築而成的，樣式不算華美，卻有清淡優雅的感覺，因為沒有多餘的雕飾，顯得大方明快。

龍夜輕拍臉頰，打起精神，推開宿舍的大門，走了進去，他現在只想回去好好的休息，讓他以最好的狀態應付明天的測驗。

順著樓梯，走到二樓，看著門口懸掛的「２０５」號門牌，禮貌性地敲了一下門，仔細傾聽，裡面沒有傳出聲音。

「他們可能睡了吧？」龍夜呢喃著。

他像是怕吵醒房內的人，小心輕轉手把，門緩緩打開。

一秒內進房、關門，轉身之後，龍夜傻眼。

「還沒睡？我敲門也不出聲，我以為你們睡了呢！」

房間內，有兩個人。

身穿灰色法師袍的黑髮青年趴在床上看書，另一位像是武鬥院學生，給人的感覺挺輕佻的，及肩的淺藍色長髮隨意飄散，正坐在窗邊哼歌。

他們兩個聽到龍夜的聲音之後，同時看了過來。

龍夜無視他們的古怪目光，逕自走到他的床位，「噗」地一聲倒下。

黑髮男子黑眸微動，把頭轉回他的書上，邊看書邊問：「很累？」

龍夜躺在床上，銀眸微瞇，享受床鋪的柔軟舒適，「我是很累，你們兩個剛剛在做什麼，幹嘛不說話？」他雖然累，還是沒忘記追問。

我要出去透氣。』

「等等，有其他人在，不方便。」

正當龍夜專心與暮朔對話，賽洛斯的咳嗽聲把他的思緒拉回。

「咳、咳——」

重新躺回床鋪的賽洛斯，不斷的咳嗽，眼角泛著咳嗽時被逼出來的淚水，向利拉耶抱怨，「利，我的脖子快斷了。」

對於擺明是演戲的爛演技，利拉耶很不賞臉，「才不會斷，你又不是柔弱的魔法師，掐一下又不會死。」

「會很難受。」賽洛斯又說。

接著，他不再浪費時間的把手上的書移回眼前，繼續看。

利拉耶一愣，發現賽洛斯又在看書，「剛剛還裝得要死不活，結果你連手上的書都沒有放開，我明明打很兇了。」

對於愛書成痴的室友，利拉耶心中只有滿滿的無奈。

「暴力，你當魔法師真是浪費。」賽洛斯嘖了一聲，揮了揮手上的書。

「唉。」龍夜再度嘆氣，想當初他一踏入宿舍房間，第一次與這兩位室友見面，就被這兩個人的外貌騙了。

看起來像武鬥士的暴力分子利拉耶是魔法師，而書蟲賽洛斯則相反。

龍夜一直挺好奇，明明是武鬥士的賽洛斯為什麼每次被利拉耶打都不會還手，這個謎團至今還沒有解開。

「哈哈哈——」

利拉耶和賽洛斯面對龍夜突然的嘆氣，一個開心大笑，另一位是發出低淺的笑聲，讓龍夜尷尬的不知道該不該陪笑。

笑完之後，賽洛斯突然對龍夜伸出手，「給我。」

「啥？」龍夜還不太習慣賽洛斯的說話方式。

「賽洛，不要說那種別人聽不懂的鬼話！什麼『給我』？」利拉耶再一次狠狠的敲了賽洛斯一記。

「唔。」賽洛斯捂著被敲疼的頭，朝龍夜床頭上的書籍比了好幾下。

「真是的。」利拉耶無奈地指著龍夜的床頭，「小夜，賽洛的意思是，他借你的書看完了沒？看完請還給他，他明天要還書，你沒看完也沒關係，明天他要把他床上那一疊書還掉時，順便將借你的書辦續借手續。」

龍夜聽完後，冷汗直流，「給我」的意思是這樣呀！利拉耶是不是會讀心術？不然這兩個字怎麼翻譯起來這麼長。

答案很簡單，其實賽洛斯的書都會按照還書時間擺放，而利拉耶知道他明天要還書，先前也有借過龍夜書籍，當賽洛斯說「給我」，又朝龍夜放書的地方指，就代表，這小子把明天要歸還的書借給龍夜了。

一旦少掉詳細的推論步驟，利拉耶害龍夜誤解成他有奇怪的翻譯天賦。

「喔，我拿給你。」龍夜從床上爬起開始翻找。他記得賽洛斯借他的是一本很厚的精裝書，還好他昨天看完了。

「看完了？」賽洛斯問。

龍夜點頭，翻找一會，他突然想到書籍不在床頭，一把枕頭挪開，底下有一本厚厚的黑色封皮書寫著「學院概況」，轉手遞給了賽洛斯。

賽洛斯接過，默默將拿回的書放下，走到他的床邊書堆，找書。

龍夜傻眼的看著賽洛斯把床邊的書挪到床上，床上的書越堆越多，多到讓他懷疑賽洛斯是不是想用書堆把誰埋掉。

沒多久，賽洛斯在最底下翻出一本有點破舊的書，拿給龍夜。

「給你。」

龍夜愣愣地望向賽洛斯拿給他的書，書皮是白色的，寫著「敘世之詩」。

「這本書是？」

「自己看。」賽洛斯把書塞給龍夜，再把堆到床上的書籍歸位，就趴回床上，繼續看他先前沒看完的書。

「你可以當作古代神話或童話書看，這本你看不懂也可以問我，它算是我看到唯一會背的書！」利拉耶得意的說完，又指著書，「當初會先給你看學院的那本，是想讓你對學院多了解一些。這個則是進階版，給你多補充基本知識。」

「啊，謝了，這對我的幫助很大。」龍夜稍微翻了一下，發現書裡寫了不少這個世界的事情。

「你在『邊境』沒看過吧？聽說那邊的文明與這裡不同。」利拉耶笑著說。

「呃，是啊。」龍夜聽到「邊境」兩字，有點心虛。

雖然那是緋煉大人為了取信他所救的人硬掰出來的藉口，沒想到，進入學院後，這位大人也繼續用這個身分在學院內橫行。

而他們這幾位「邊境居民」意外的讓一些人感到好奇。

例如，他的室友。

一開始利拉耶還不相信龍夜什麼都不懂，一直問問題，問到最後，發現他真的不知道時，才請賽洛斯借他書，讓他對這裡多一點了解。

龍夜只能說，學院真不愧是學院，他們在旅店的那一週還比不上進入學院的這幾天，一下子就補充了不少相關知識。

想到這裡，他只能嘆氣，那一星期全白費時間了。

一聽到龍夜嘆氣，利拉耶和賽洛斯以為龍夜是對自己不了解這個地方，還有自己是個什麼都不懂的邊境居民而嘆氣。

「其實，什麼不懂也很好啊！對不對？賽洛。」利拉耶笨拙地開口，說到後面，也不知道自己要說什麼，只好把話題拋向賽洛斯。

「嗯。」賽洛斯隨口應了一聲，繼續埋首於書中。

「我說賽洛，你多說幾句會死嗎？」利拉耶面帶難色的在賽洛斯床邊蹲下。

賽洛斯沒有抬頭，「嗯？有說話了啊！」

「……」利拉耶無言，這樣叫有說話，那他就給別人打。

不知道自己的感慨被室友們誤解的龍夜，看他們在一旁竊竊私語，且利拉耶又要發火，想笑，卻不敢笑出來，以免利拉耶惱羞成怒，連他一起打。

所以，龍夜找了個理由，想讓室友們不要在房內吵鬧，「唔，好累，我先睡了，明天還要早起參加分班考試。」

龍夜不說還好，一說，連利拉耶也點頭附和，「嗯，說的對，我們明天一早也要忙，我先睡了。」

利拉耶離開賽洛斯的床位時，露出邪笑，一把抽起賽洛斯的書。

賽洛斯發現書不見了，抬頭時，黑色眸中浮出納悶的神色。

「該睡了，就這樣。」利拉耶直接把書丟回賽洛斯的書堆中，快速回到自己的床位，迅速把被子蓋上，悶悶的聲音從被子裡傳出，「晚安。」

「……」賽洛斯在「繼續看」還是「跟著睡」兩個選項中無助的掙扎。

龍夜見狀，忍住捧腹大笑的衝動，刻意不把身體轉到賽洛斯的方向，覺得這兩名室友真的很好玩呢！

看來，在這楓林學院，不會無聊了。

黑夜中，在學院外的巷弄間，一道闇色的人影緩緩挪動著。

他深深地吐氣，盡量讓自己感覺舒服點。

男子忍著身體傳來的陣陣刺痛感，捂著腹部努力動作。

「失策。」他咬著牙吐出憤恨的話。

當他醒來之後，龍夜和黑髮男子早已離開，他也不在屋頂上，而是在一個陰暗的巷弄間，眼前還出現兩名身穿學院護衛隊制服的男子。

那兩個人一看到他醒了，便各自抽出武器，抵在他的脖子上，問他為什麼要攻擊學院的院生。

黑袍男子不是被嚇大的，見慣這種場面的他，故意說一些可信的理由，好讓學院護衛隊快點放他離開。

誰知道，他一說完，那兩個人開始私下討論。

「欸，你覺得他是說真的嗎？」

「太快招供，一定心裡有鬼。」另一位也不信。

接著，這兩個人點點頭，雙手握拳，骨節發出「喀喀」的聲音，下一刻，就聯手起來，把他當成沙包狂打。

過沒多久，他被打倒在地，痛到不斷咳嗽。

「說吧！」那兩人蹲在黑袍男子的身旁，戳著他的身體，同聲催促。

知道再說別的藉口，下場可能更慘，黑袍男子乾脆說出他的目標是龍夜，是為了懸賞來的，不是故意找學院院生麻煩。

畢竟，他是黑暗獵人，是光明的信奉者，惹怒學院對他沒有好處。所以他希望這兩人聽完解釋，可以放過他，讓他完成自己的任務。

豈知，那兩個人聽到後，冷哼。

「又是光明教會，怎麼他們一天到晚來學院找麻煩啊！」

「沒辦法，誰叫學院是中立區，有太多人無處可去就往學院裡躲，導致老是有人跑來這裡尋仇。」

其中一名男子決定了，「光明教會這一筆先記著，誰叫這傢伙是教會的人，我們不能隨便處理。」

這兩個人說完，一起轉身邁步，離開前不忘放話，「下次再被我們看到，到時可不管你是不是光明教會的人，都會把你當『廢棄物』處理。」

黑袍男子惡狠狠地瞪著他們，直到那兩個人離開陰暗的巷弄，他才挪動著無一處不痛的身體，緩緩往牆邊移動。

「可惡，這個仇我一定會報。」他掙扎著靠在牆壁上坐起，輕吐口氣，從懷中拿出一個黑色的圓筒，吃力地用拇指把圓筒頂端壓下，往天際丟去。

「火。」他低喃著。

轟的一聲，圓筒中央發出強烈的火光，直沖天際。

他靜靜地等著，總算聽到一個踏入巷弄的腳步聲。

「怎麼了？」陰暗處，一道低沉的嗓音悠悠傳來。

黑袍男子維持坐著的姿勢，回答前來的人。

「我找到了，黑暗教會的人應該在學院。」

「嗯，結果？」那個人的語氣毫無感情，感覺不出溫度。

「原本可以殺掉他的。」

黑袍男子原本很平靜，當他感到那個人透出微弱的殺氣時，便開始緊張。他吞了吞口水，渾身冒著冷汗，快速辯解道：「快成功時跑出一個人，救了那個小鬼，不然我一定能完成任務的，如果沒有那個人，一定！」

「還有嗎？」那個人的聲音依然冷淡，更讓黑袍男子毛骨悚然。

「還、還有，我的行蹤被學院的護衛隊發現……」

黑袍男子說到這裡，沒再說下去。

一瞬間的靜寂，讓他以為對方離開了，那是錯覺。他感覺得到，那個人身體移動了，沙沙的衣服磨擦聲讓他屏住氣息。

「你說了嗎？」

聲音在他的耳畔迴盪。他倒抽口氣，冷汗頻頻冒出，最後，僵硬的點頭。

「嗯。」冷漠的聲音再度響起。

接著，黑夜的巷弄中聽到清脆的「喀」聲，巷子裡再無人說話，唯一有的，只有像水滴落在地面的聲音。

晚上，龍夜雖然在熟睡。

實際上，他在自己的內心世界與兄長談天……

不對，應該是單方面聽暮朔說著非常危險的發言。

『我覺得，你的室友很礙眼。』暮朔在白色的空間內席地而坐，對坐在對面的龍夜肯定地說：『如果沒有他們，我晚上出來就方便多了。』

「咦，等等，所以你晚上有出來？」龍夜一臉錯愕。

他看了看白色空間，他們不是在這裡？暮朔怎麼還有時間溜出去？

『嗯？傻小鬼，又不是現在，是前幾天。而且，你忘了嗎？晚上是我的時間，不出來透氣太浪費了。只是你那兩個室友超煩，我一爬起來，他們就要我別亂跑，回去睡好怎樣怎樣的，超囉嗦的。』

這是龍夜第一次聽到這個「內幕」，他以為在宿舍的期間，暮朔會很安分，不會到處跑呢！

「他、他們應該不會發現吧？」

龍夜暗指，突然醒來的「龍夜」其實是暮朔，而不是他。

『放心。』暮朔用非常輕鬆的口吻說著，『我是誰？我是你的哥哥「大人」，可以輕鬆使用你平常的說話口氣回答，還能順便聊一些學院的事情，包括套他們話之類的，我一件都沒有少做。』

龍夜愣住，他剛才聽到什麼？套話、聊學院的事情？

難怪他那兩名室友這幾天一直說他記憶力非常的差，一下子就忘記之前說過的事情，原來罪魁禍首就是眼前這個！

「暮、暮朔，我們商量一下。以後你問他們什麼事情，可不可以跟我說一下，他們突然反問我一些問題，我回答不出來的話，會很尷尬。」

『嗄?又沒關係。』暮朔一點都不在意,反而丟出一個震撼彈,『反正你本來就是叮嚀你什麼,下一秒就會忘記的人。所以,就算我告訴你談話內容,你還是記不得,不是嗎?』

「可是——」

不給龍夜辯解的餘地,暮朔截斷他的話:『這樣很不錯呢,給人呆傻又容易忘掉事情的印象,你在外行動時,很多人就會因為你的形象,而對你放鬆戒心。』

「咦?」龍夜揉了揉耳朵,他聽到什麼?

『太過精明的人,別人與他對話時會保留三分。你喔,我估計憑你那呆樣,他們連防都不想防,還有可能會乾脆有問必答。』

暮朔喜歡這樣,可以趁機套問好多內幕,這是好事。

「這、這應該是壞事吧!」龍夜發現自己的理解能力出問題了,他完全聽不懂暮朔在說什麼。

『嗯?不會啦,以後你就知道好處在哪。』暮朔笑道:『改天找時間讓你親身體驗看看套話迅速的好處,你就不會懷疑我說的話。』

龍夜冷汗直流,他並不認為自己有那種「言語交際」的本事,但是聽著暮朔興致勃勃的語氣，也不好潑他冷水，被迫僵硬點頭。

他只希望，暮朔這句話是一時興起，不會有成真的一天。

chapter 04 分班測驗開始

首都銀凱，有一個專屬光明教會的特別區域，中央區。

今日的中央區氣氛特別凝重，在中間地帶聳立的光明教會外圍，可以看到騎士長帶領著騎士隊到處巡視，如果有閒雜人等靠近，或哪裡出現異狀，就會在第一時間過去排除。

如果有人心思細膩一點就會發現，騎士們的神情格外緊張，平常的懶散感都不見了。

連教會內部也是。

有很多騎士一再的前後徘徊。只是這批騎士的服飾不太一樣，一般來說，光明騎士應該是穿戴銀白色的騎士鎧甲，腰間掛著一把銀白色的騎士長劍，可是這些騎士卻穿著金黃色的鎧甲，腰間上的長劍是金色的。

他們正是傳言中，負責護衛光明教皇的聖騎士團。

聖騎士的表情大多十分冷漠，還帶著一絲肅殺感，讓教會的修士與修女們避而遠之，不敢靠近。

教會內部的人都不明白，這些聖騎士們為什麼會出現在這裡？

因為他們不知道，當騎士們，不管位階高低、實力強弱全部出動的時候，就表示，教會的最高精神領袖——光明教皇失蹤了！

在教會內部，有一個非常隱密的房間，裡面擺滿了許多珍貴書籍，藏書量僅次於教會用來放置教典和聖典的書庫。

房間內的灰塵味道濃厚，還可以聞到許久沒人打掃的發霉味。但在這個極少有人到來的地方，卻傳出了翻書聲。

在房間深處，一名俊俏的年輕男子坐在古樸的木造椅子上，他有著一頭美麗的金色長髮，穿著一襲華麗服飾，更披著長至地面的披風。

如果尋常人穿成這樣，會有格格不入的異樣違和感，但他卻不會，這套服飾彷彿是為他而存在，將他的氣質完全襯托出來。

如果這裡有別人在，一定會恭敬地跪下，因為，這個集高貴、典雅於一身的人，正是光明教皇。

當外面的人全在找他，光明教皇卻在這個陰暗、隱密的地方看書。

過沒多久，光明教皇將手中的書「啪」的一聲闔上。他慢慢垂下眼簾，背部輕靠在椅背上，手肘放在椅把上，左手指尖輕輕抵著額頭，露出思考的神情。

良久，光明教皇的嘴角微微上揚，清脆的嗓音從他口中傳出：「人找了五天，一樣沒有消息嗎？」

這時，一名頭戴白色祭司帽的男子緩緩從門口走入，他穿著白色的祭司袍，頭上的帽子、身上的衣服，皆鑲有銀金色的紋路。

——那是光明教會九名大主教才能繡上的顏色。

他小心翼翼走近，不讓腳步聲吵到尊貴的光明教皇，而且就在距離對方三個書櫃遠的地方停下，右手平放胸前，單膝跪地。

「是的，教皇冕下。不過……」

「不過什麼？」光明教皇淡淡地說。

「今天早上，有人回報他們在學院裡。」

「你的意思是，黑暗教會的人進了學院？」光明教皇再度把手上的書打開，冰冷的語氣從他口中傳出，「你的辦事效率真好，連續兩次抓不到就算了，最後還把人『送』到學院裡去。你說是吧？莫里。」

莫里大主教對於教皇充滿不悅的語氣，不禁顫抖，開始變得結巴：「這、教、教皇冕下，要、要請學院把人交、交出嗎？」

「你說，要請學院把人交出？學院是三不管地帶，是公認的中立區域，那些人進去了，你又能拿他們、拿學院怎麼樣？」光明教皇睇了莫里大主教一眼，冷冷的輕笑著。

「這……」莫里大主教啞口無言。

「本皇討厭不斷失敗的人。」他闔上手中的書，站了起來，走到旁邊的書櫃，把書放回去。

「教皇冕下，是他們太狡猾了。」

莫里的說詞在光明教皇的耳裡聽來，像是推託，讓他更加不悅。他走到莫里大主教身旁，輕聲道：「喔？他們太狡猾？所以你才會失敗？那要不要我把你換掉，讓你好好的休息一下，努力變得比他們狡猾？」

這些耳語在莫里大主教聽來，不只是威脅，也是宣告要他交出大主教之位的意思。

「教皇冕下，請您原諒我、原諒我。」莫里大主教幾乎是趴在地上，不斷哀求。

光明教皇淡淡冷哼一聲，不再說話。

突來的靜默，壓得人快喘不過氣，莫里大主教渾身冒著冷汗，不停顫抖，不敢抬頭、不敢與他對望。

光明教皇毫不在意跪倒在地的莫里，彷彿這個人，只是微不足道的螻蟻。

莫里大主教知道，這一次光明教皇是認真的，他心裡一急，咬著牙，做出了一個重大的決定，「教皇冕下，請您再給我一次機會，這一次我會做好的。如果失敗，我可以接受處罰。」

「好，本皇給你戴罪立功的機會，記住，這是唯一的一次，唯一。」

「是，教皇冕下，請您吩咐，我不會再失敗了，絕對。」

他認真的一再重複，因為這些話不只是提醒自己，也是告訴光明教皇，他不會有第三次的失敗，因為再一次失敗的話，被剝奪大主教之位是小事，嚴重點，自己的命也會在失敗後完全消失。

光明教皇緩慢走到門邊，離開前，看著依然跪著不敢動的莫里大主教。

「差點忘了，這個給你。」光明教皇手中突然多了一份文件。

莫里大主教聽到話後，恭敬地跪行向前，手舉在頭上接過。

「是，莫里不會讓您失望的。」

光明教皇揮了揮手，莫里大主教向他行禮之後，急忙起身離開書庫，著手進行新的任務。

待他離開，光明教皇嘴角浮起一抹詭譎的笑意。

「去監視他，要是情況不對……」他右手緩慢舉起，在脖子的地方做出切割的動作，「你知道的。」

說完，他拂袖而去，書房的門緩緩闔上，就在門闔上前的一剎那，一道闇影迅速穿過門縫，閃身離開。

★雙夜┐來自異界的旅人/PAGE 001

一覺醒來，空氣清新，精神氣爽。

龍夜舒暢地聞著早晨的空氣味道，等他完全清醒的睜開眼，看到旁邊的景象，立刻有另一種感受。

那兩位室友正跑來跑去，不知道在找什麼東西。

翻來翻去的，連那驚人的書堆也不放過，被賽洛斯翻了一遍。神奇的是，書的排放居然和原先一樣，沒有絲毫變動。

這讓一旁觀看的龍夜，很想拍手喊好厲害。

「賽洛斯、利拉耶，你們在找什麼？需不需要我幫忙？」龍夜說著，朝窗外看去，「唔，現在幾點了？」

原本在找東西的兩名室友同時停下手邊工作，驚醒般的看向龍夜。

龍夜滿腹疑問，「怎麼了？你們的表情很奇怪。」

他不明白利拉耶和賽洛斯為什麼會這樣看他。

利拉耶和賽洛斯同時互看對方，達成什麼共識般的點點頭。

龍夜對他們默契的動作，差點笑出來，不過這個想法只持續片刻。

下一秒，龍夜驚慌恐懼了。

「賽洛，動作快點，來不及了！」利拉耶很故意的喊完，來到龍夜的床位前，一手拎起他的後領，就往窗口走去。

龍夜發現利拉耶的意圖，倒抽口氣，指著離自己越來越遠的床位，「衣服、我的衣服，啊，還有我的武具！」

還在收拾東西的賽洛斯，順手把龍夜床邊的衣袍和武具抄起，同樣往窗戶走去。

他們兩人做的一氣呵成，完全沒有多餘的動作。

龍夜嚇得大喊，「你們該不會想……等等，讓我先準備啊！」

利拉耶把龍夜抓得緊緊的，不讓他逃跑，更無視他的抗議，直到把窗戶左右兩邊推開，確定可以通行後，接下來的動作，讓龍夜忍不住在心中替自己默哀一下，那就是從窗戶——跳下去。

雖然二樓說高不高、說低不低，還是和地面有微妙的距離存在。

龍夜起先看著兩層樓高的地面不會害怕，畢竟用符紙施術後，這點高度不要說從上面跳到底下，從下面跳上去他都能辦到。

問題是，被人拖著跳樓，卻沒有用符紙施術的事實太可怕！

龍夜嚇得忍不住閉上雙眼，大聲喊叫。

「哇啊啊啊啊啊——」叫完的下一刻，他順利著地了。

利拉耶和賽洛斯像是習慣了，神情十分輕鬆，完全沒事的樣子，不像龍夜一臉快死的悽慘樣。

龍夜癱軟在地，「幹嘛啊？很危險耶！不會從大門出去，為什麼要跳窗？」

利拉耶做出習慣性的搔臉頰動作，指著宿舍大門，「我們以為你好心提醒我們要注意時間，原來是無心的，完全忘記這一回事啦！」

「忘了？忘了什麼？」龍夜歪著頭思考著。

雖然來到學院才五天，不過他畢竟看完了一本厚到可以當兇器，有關於學院介紹的書籍，是有什麼重要的大事沒有記住？

利拉耶看龍夜狐疑的樣子，被打敗的開口，「你真的忘記啦！七點不準時離開宿舍，你就別想出去。」

「唔。」龍夜發出驚呼。

利拉耶為此可以確定，龍夜真的不記得宿舍的「關門時間」。

「抱歉，我忘了。利拉耶、賽洛斯，謝謝你們。」龍夜雙手合十，做出道謝的姿態，「不過這麼誇張的規定是誰制定的啊？」

「哎呀，是偉大的創校校長。」利拉耶把賽洛斯拿著的衣袍和武具塞到龍夜懷裡，「為了讓院生有良好的上課自覺，不要遲到，才有『七點準時關門，七點半重新開門，之後進出隨便』這種讓人覺得可笑又可恨的規定。」

真詭異的學院，龍夜心中腹誹。

「好啦，快點。」利拉耶催促著龍夜，「你今天不是有分班測驗？如果遲到，我不能保證院長會對你做出什麼事喔！瞧你呆呆的樣子，把衣服穿好。」

利拉耶一邊說，一邊抽出龍夜懷中的衣袍，順手幫他套上，整理他的服裝儀容，連武具都替他放好了。

「好了，快點去。」利拉耶再一次催促。

「哦！」龍夜應了一聲，用小跑步的方式離開。

他奔離了宿舍，正要前往學院的院區。

只是，前程漫漫，校區太大，時間不夠！

明明楓林學院的授課地點只分為三院：武鬥院院生的武鬥院、魔法院院生的魔法院，最後是教授共同課程的雲華院。只有三院，應該佔地不多？

實際上，這個學校有著各式各樣的設備，只要能想到的，學院內部都有。畢竟，這是「學院」，如果設備不齊全，那這間名聞遐邇，每個人都想進入就讀的楓林學院也不用開，直接關門大吉。

所以學院很大，大到趕時間時，格外覺得要命！

而楓林學院重要的設備大多在雲華院內的雲華館，或許是這個原因，雲華院成為校長單獨管轄的院區，據內部人士說明，只有變態中的變態才喜歡待在這個院區，普通人可是連一刻也不想待。

現在龍夜要去的地點正是雲華館，也就是學院內，仰頭就可以看到的三座白色高塔裡最中間的那一座。

也許是白天的關係，白色高塔的外圍在陽光照耀下，可以看到攀爬纏繞著各種樹蔓和藤蔓，走近點還能見到青苔。

「哇，好漂亮。」這是龍夜看到雲華館的第一個感想。

被自然的植物包圍的白色高塔，白中泛綠，生機勃勃又不張揚，尤其高塔樣式的古樸，被植物們點綴的越發深奧。這已經不是單純的建築，有點像藝術品了，難怪校長會選這個地方當作辦公的地點。

龍夜到處張望，這時，熟悉的聲音遠遠的傳來。

「夜，這裡。」

龍夜順著聲音轉頭，高興地揮手跑去：「月，抱歉，差點遲到。」

「沒關係，只要比院長們先來就行了。」龍月莞爾一笑。

但這個笑意過沒多久就變質了，龍夜注意到龍月的笑容有異。

「月，這裡是怎麼了？」

龍夜四處張望，問身旁的龍月，他發現兩院院生全到齊了，自己也沒有遲到，可是人心浮動的院生們大多在竊竊私語。

為什麼不像平時安靜？不是院長出現前會自動靜下來？

對了，重點是——院長是打算幾點來？

他突然想到，院長只提過今天集合，卻沒有說是幾點。

每個人就為了「今天」兩個字，提早來雲華院等候。

所以，院生們抱著不知何時才可以看到院長的奇妙心情，在雲華院前乾等了一整個上午，當然會有等不住的人自告奮勇，分別去尋找兩位院長，但是沒有人找到，於是越等越心煩之下，這裡越來越吵。

龍夜不自覺朝忽然悠閒走來的緋煉大人看去，希望他有答案，但這位大人對院長的現身時間沒有興趣，還刻意擺出「別問我」的表情。

龍夜只好靜靜等候，他開始祈禱院長們別到晚上才來，憑那兩位院長大人的性格，一定會讓他們忙到半夜，這樣太危險，暮朔會出來的。

等呀等的，院生們已經等的不耐煩，等到院生們考慮要去找校長投訴時，終於見到兩位「姍姍來遲」的院長大人。

終於登場的兩位院長，踏著愉快的腳步，散步般緩慢前進。

等候太久的院生們，忽然有一種想要衝上前，挑戰院長權威的衝動。

可惜兩位院長不是省油的燈，直接漠視院生們散發出的怨恨氣息。

艾米緹還故意用十分感動的神情，雙手交握，感慨地說：「啊啊，今天的天氣真不錯呢，各位院生們，我沒說錯吧？」

這問題，沒有人願意回答。

「沒錯吧？」發現院生們不回話，艾米緹不死心地再說一次。

艾米緹的舉動只會造成反效果，所有院生用看瘋子的表情望著她。

他們等了這麼久，院長居然說這種風涼話！現在應該要直接說明分班測驗，而不是討論天氣好不好吧？

拉莫非心知院生們的怒氣到達臨界點，搖頭苦笑，直接上正題。

「到齊了吧？為了這次的測驗，我們考慮很久，花了不少時間準備。我和艾米緹院長討論的結果，不打算把分班測驗時間拖長，直接訂為『最後』的任務，測驗結束，你們可以鬆口氣，我們也不用再想新的題目。」

院生們聽到拉莫非的話，鬆了口氣。

事實上，他們進入學院都已經五天了，還在做所謂的「分班測驗」，他們已經做到快認為是兩位院長在惡整了。

不過，既然武門院院長說是「最後測驗」，他們放鬆的同時壓力增加了。這次任務失敗就沒有下一次，所以，一定要全力以赴。

「別緊張，你們把測驗當作『結訓』課程就好啦！」艾米緹看每個人一副要送死的模樣，輕鬆說道。

「請問院長，結訓課程是什麼？」

雖然院生們的心中尚有許多埋怨，但是對於這個未知的結訓課程，還是用禮貌性語氣來詢問。

「實戰練習。」拉莫非給了肯定的答案。

院生們的眼神瞬間變得十分銳利。這五天都被奇奇怪怪的任務搞到煩死和累死，如果換成實戰練習，正合他們的意！

只是，院生們對「最後任務」再有興趣，也不會忘記兩位院長沒有告知時間，讓他們乾等的事實。

艾米緹當然看到了院生們的忿怒眼神。她嘴角輕揚，開始解釋：「我們會這麼晚來是有原因的，任務的前置作業花了不少時間。你們要記得感激我們喔，為了實戰練習，從昨天準

備到今天上午，還讓很多魔法師累倒呢！」

說到有人累倒，她更得意的聳肩。

「你們要感激他們的犧牲，換來這次好玩的任務。你們知道嗎？昨天我突然靈光一閃想到這個好玩的東西，我就到處找人幫忙製作，一開始還沒有人願意幫我，害我傷心了一下，所以我就……」

——十分鐘後。

「……結果到了今天早上，物品還沒有完成，過來幫忙的魔法師也累倒說要回去休息，我的進度嚴重落後呀！但為了你們和那些魔法師，我不想臨時換任務，最後，我只能拜託校長，看他有沒有辦法幫我處理。」

院生們絕望的看著像打開了某個開關、滔滔不絕的艾米緹。

隨著時間一分一秒的過去，聽不下去的院生們決定自救，誰叫艾米緹離題功力太強，只怕光「前置作業」可以再說上一、兩個小時！

「院長，請說重點吧，我們很急。」

院生們難得有默契的一起點頭。

艾米緹搖頭輕嘆，似乎在怪罪院生們太急，「反正，事情就是這樣。那麼，我來說明規則，免得你們任務失敗還要怪我沒說清楚，首先任務的範圍是全部校區，但是不包括宿舍。然後——」

艾米緹拇指與食指交疊，打出清脆響指，一袋看似沉重的物品憑空出現，她伸出手，俐落抓住袋口，不讓它掉到地面。

她掂了掂袋子，把袋中物品一一倒出。

那是一個個褐色的圓形木牌，上面刻有鳥的符號。

院生們狐疑地望著，看那些木牌的數量，該不會院長要發給每個人一面木牌，讓他們各憑本事，去搶對方的牌子？

如果這就是院長的突發奇想，也太好猜了！

漸漸的，院生們發現木牌很奇怪，學院的院徽是紅色的楓葉。按理來說，木牌應該要刻上楓葉標記，而不是鳥的符號。

同時，他們也很介意魔法院院長先前所說的話。

累倒不少名魔法師？

看來，這木牌一定還有特別的功用。

此時院生們臉上都寫滿疑問，接著，艾米緹做出讓院生們驚愕的動作。她拿出鑲有紅寶石的木杖，指著木牌，低聲唸了數個魔法咒文，地面上堆積的木牌們，突然震動起來，發出「嘎嘎」的響聲。

沒多久，褐色的木牌漸漸由褐轉白，接著一個個長出一對白色的羽翼。須臾，木牌全數化成白鳥飛向空中，消失在天際的一端。

院生們錯愕地看著飛走的「木牌」，還有些人揉著雙眼，認為自己眼花了！

「所以我說，我們花了很多時間做前置作業。」

艾米緹挺胸，驕傲地說，「各位該不會以為任務的規則是『搶對方的牌子』吧？別傻了，我們怎麼會這麼無聊。」

那些最初以為是要「搶牌」的院生別過了臉，假裝院長說的不是自己。

艾米緹看半數以上的院生都在裝傻，壞心的勾了勾唇：「你們剛才看到牌子飛走了吧？要記住，那些木牌全數被注入魔力，所以是『活』的喔！一發現有人在追，它們是會逃跑的。」

拉莫非適時的接話：「木牌活動的範圍是在校區內，你們要做的事很簡單，那就是『尋找木牌』，一人的最低限度是找出五個。當然可以多抓，尋找方法不拘，而木牌魔力消失的期限，是一天。」

「請問院長。」其中一位院生舉手發問：「方法不拘是代表……如果我們發現有人身上帶有木牌，可以去搶？」

拉莫非點頭，「可以，不過如果鬧出人命，不管理由是什麼一律退學！」

院生們不在乎退不退學，這五天被那些任務搞到心情鬱悶，早就想要好好抒發一下。他們盤算著，任務開始後該怎麼行動。

「你們不要想的太入神，我有個附帶條件。」拉莫非總算記得補充。

「附帶條件？」

院生們氣急，這個測驗夠苛刻了，居然還有條件？

「嗯，不管怎麼想，這一次的最後任務都對魔法師有利。」拉莫非瞟了艾米緹一眼，才道：「偏偏這一次的分班測驗，是兩院的合考，那麼身為武鬥院院長的我，需要增加一條規定。」

所有院生對於這番話，擺出「別鬧了」的表情，找那些已經不知道飛到哪裡去的木牌夠棘手了，還要增加條件？

「你們別想的太嚴重，聽完之後反而會歡呼呢！我新增的條件是『組隊合作』。兩個人一組，武鬥院和魔法院的院生各一人。必須要組隊合作找尋木牌，最後結算的數量也是兩人平分計算。」

這條規定下來，魔法院的院生互相對望，「組隊合作」對他們來說一點好處也沒有，要把自己的成果分給武鬥院的院生，非常難。

同樣是魔法師的艾米緹自然知道自己院生是怎麼想的，「你們別一臉天要垮下來的樣子，大不了勞力工作交給武鬥院的人，你們不吃虧呀！」

畢竟，在條件不拘的規定下，或許有些人打定主意要襲擊持有木牌的院生，這麼一來，那些可以快速找到木牌的魔法師，都會變成攻擊目標。

拉莫非替武鬥院院生的設想，恰巧幫助了她的院生，魔法師與武鬥士的組合，她倒想看看，這團隊合作的任務，會有幾組人可以完成。

魔法院院生聽完艾米緹的一席話，認為她說的沒有什麼不妥的地方，這才開始準備尋找合作的同伴。

「還有，合作是一回事，規定的『個人』必須持有數量不變，一樣是五個。另外，木牌是限量的，你們的行動要快。」

說歸說，艾米緹沒有放人的打算，就是不想宣告任務開始。

院生們無奈的合力瞪著院長，希望她快點讓他們去找同伴與木牌。

要知道，先前飛走的木牌數量除以五之後，大概只有這裡總人數的大約三分之二，況且最高額度不限，算一算，或許不夠三分之二的人合格。

「為了不讓各位有僥倖和無聊不想搶的心態，只要拿到五個木牌以上的院生，優先加入A班！當然，有獎勵也會有懲罰，最後結算時，那些連一面木牌都拿不到的人，一律到D班。」

院生們譁然，天啊，又是D班。

有些院生忍不住仰天長嘆，院長們怎麼喜歡把人丟到D班去，難道D班很缺院生？D班早就是全學院裡最多院生的班級了！

「那麼，大家準備好了嗎？」艾米緹揮舞著手上的木杖。

「當然！」院生們雖然緊張，還是努力冷靜。

「好，那麼，測驗正式開始。」

話語落下，院生們分別往木牌飛離的地方跑去。好在範圍是整個學院，不見得一開始大家就會擠在一起自相殘殺，至於尋找合作夥伴？當然是邊跑邊找。

混亂的學院內部，人擠人之外，是不斷高聲說話。

當每位院生都在努力尋找合作夥伴，龍夜一開始就鎖定好目標，只是來不及開口，就因為院長宣告任務開始，而被人群衝散，害他要另外花心思去找。

好在找著找著，已經看到一個熟悉的背影。

「月！」

龍夜興奮的跑過去。前方的人聽到聲音停頓下來，正在左右張望，在這嘈雜的人群中尋找聲音的來源。

「後面，我在後面。」

龍夜發現前頭的人找錯方向，邊喊邊跑過去。

「啊，在後面。」龍月轉過身，終於看到追趕而來的龍夜。

「跟我一組。」龍夜衝上前，抓住龍月的衣袖。

龍月輕笑，「可以啊，我本來就打算跟你同一組。」

龍夜和龍月剛好分屬魔法院和武鬥院，他們兩個認識的人同組行動比較方便，又不需要互相提防。

正當龍夜對自己早一步找到合作對象而沾沾自喜時，一道冷漠的男子嗓音從他們兩人身後傳來。

「你們確定同組？」

龍夜和龍月轉過頭，後面站著紅色長髮的青年。他正不快的抿起嘴角：「別讓我再問一遍。」

「是，緋煉大人，我們同組。」兩人一起恭敬地回答。

「真是高招啊，可以一次性分完全部的院生。」龍緋煉輕聲地說。

依照得到的木牌數量，很簡單就能把院生們分發妥當。

他先前還以為要再經過幾次考核，居然有這麼乾脆直接的測試方法。殘酷了點，好在省事多了。

事實上，也不算有多殘酷，還記得他們最初進入學院的那一天，兩位院長就把學院的相關規定說的十分清楚明白。

不過，艾米緹的廢話太多，刪刪減減後，內容大概是這樣——

楓林學院裡的魔法院和武鬥院的院生眾多，學院便設立四個「班級」，以院生的資質與能力作為分班條件：分別是特優級的A班、優等級的B班、普通級的C班，劣等級的D班。

或許是「能力分班」的關係，每班人數不同。

D班是所有班級的最大宗，大概是因為兩位院長的惡趣味，導致學院裡有很多院生被打入D班。

班級的階級越往上，人數越少。

院生並不會因分班測驗而懈怠或自卑。他們可以經由學院的例行性升等考試，讓班級等級提升；也可以透過「越級挑戰」與前面班級的院生決鬥，只要打贏，便能進入對方的班級，而輸的人得降級，去另一人的班級。

另外，學院內的福利和班級階級是息息相關，如果不好好的讓自己的實力提升，就得看比自己高等的人的臉色做事。

於是，在班級制度和福利制度的相互作用之下，就算院生不想要努力，也會看在福利的分上拼命。

這就是龍夜不想去D班的主因，要是真的得去福利最差的班級，他還沒進入，就會被那位哥哥大人先在內心世界活活打死了。

另外，B到D班的人口流動率很快，A班的人數幾乎沒動過，畢竟，那是特優級的班級，要打贏A班的人難度頗高，很少人嘗試。

雖是如此，在楓林學院裡卻有個未公開的秘密。根據院內人士偷偷透露，A班之上還有最高等的班級，是名為「特殊級」的S班。

據說，那是兩位院長和校長親自教導授課的班級，進入這個班級的條件未知，眾人的說法不一，唯一知道的是只有資質特佳院生才可以就讀。

一有S班的風聲出現，就有人特地去詢問艾米緹和拉莫非，喜歡和人聊天的魔法院女院長，就在某日小小透露這個神秘班級的人數只有個位數，要他們別妄想進入。

想到這裡，龍緋煉極有興趣的笑得詭異。

龍夜被他的「邪笑」嚇到，不曉得身旁這位大人又想到什麼能讓他不無聊的事，算了，不需要替自己的「未來前途」擔心的他，不用關心。

最需要煩惱的是自己，龍夜嘆著氣，他可是差一點要被踢入D班，也不知道這次的測驗後自己會被分到哪裡。

「緋煉大人真好，不需要擔心。」

小小的低語聲被耳尖的龍緋煉聽到，他笑著回答：「我是不需要擔心自己，但我擔心你啊。」

「咦？」龍夜發出驚愕的聲音。

他居然會被這位性格詭異、難以捉摸的恐怖大人擔心？印象中，這位大人會變成他的指導者是「那個傢伙」的強行介紹，一開始還不想當的！對他一直愛理不理的，怎麼會擔心他？

「是啊，我性格詭異、難以捉摸，但身為你『指導者』還是會擔心你一下。還有，不可以叫他『那個傢伙』喔！他好歹是你的雙胞胎兄長，有禮貌一點，你聽，他要抗議了。」龍緋煉指了指龍夜，淡淡地說。

果然，下一秒龍夜就聽到暮朔那中氣十足的罵人嗓音。

『死小鬼，趁我睡覺偷罵我？找死呀！』

龍夜苦著一張臉，壓著耳朵，被迫聽那放大十倍的怒罵。

他忘了，緋煉大人會讀心，不論是他，或是兄長的話，全可以聽見。

『嘖，學不乖的死小鬼。』暮朔又罵，『你明知道我跟你同一個身體，你罵人我會聽到，還故意罵的這麼大聲。』

「什麼呀！」龍夜欲哭無淚，「我沒罵的很大聲，只是在心裡喊。」

『心裡喊我還是會聽到，抗議駁回。』

「唔！」龍夜不知道該如何回答，只能含淚吞下委屈。

「好啦，你們兄弟相殘我也看不到，就停了吧！」龍月拍拍龍夜的頭。

『看在月那個傢伙替你說話的分上，先放過你。』暮朔見龍月已經看不下去，他也達到調侃的目的，乾脆的結束。

「小子們，你們確定一組？」龍緋煉再次確認。

「對。」他們同聲回答，很好奇緋煉大人為什麼一直問同樣的問題。

「小鬼，我給你安排一個功課，如果沒有分到B班以上的班級，我想，後果你應該猜的出來？」龍緋煉笑得十分燦爛。

龍夜開始冒著冷汗，如果他沒有順利完成任務，只怕……

『是呀、是呀！沒有B班以上的等級，你就死定了。』

就連暮朔也放狠話，龍夜突然覺得，未來是一片黑暗。

「意思是，我負連帶責任？」龍月瞥了臉色發青的龍夜一眼，彈了下龍夜的額頭，「還沒開始就這麼擔心幹什麼，之後的事情見招拆招吧！」

龍夜吃痛地捂著額頭，龍月說的沒錯，現在擔心沒用。

或許是談話的時間不短，龍夜發現周圍的院生陸陸續續有了自己的隊伍，而在這裡依然有人沒有組隊的搭檔，那就是身旁的龍緋煉。

「不用擔心我，小鬼二號在那邊，我跟他一組。」

龍緋煉指著前方的楓樹，距離相隔稍遠，還是能看出楓樹下站著一名銀色短髮的少年，他身穿雪白厚袍，身旁跟著一隻雪白毛色的小狼。

「疑雁、疑雁，我終於遇到你了。」

龍夜開心地跟對方打招呼。

會說終於不是沒有原因，這五天的任務總是單人進行，連宿舍也不是同一間，雖然雙方不熟，但都是聖域居民，龍夜還是很開心見到他。

「呦，你先來這裡等我們？」龍月輕鬆地對疑雁問道。

銀髮少年環抱的雙手慢慢放下，淡銀色的眼眸掃視所有人一遍，「嗯，先來等。」

接著他對龍夜微微地鞠躬，用看似恭敬，實際上非常沒禮貌的語句應答，「夜師父，只是五天沒見，不需要說到終於。還有，請代替我跟暮朔師父問聲好。」

「嗯，他說他聽到了。」龍夜直接代替暮朔回話。

對於眼前稱他為「師父」的「徒弟」，龍夜還是有一點害怕。

疑雁的存在是一個意外，是龍夜要離開聖域時，所遭遇到的對手，陰錯陽差之下，演變成收他為徒，外加帶著他離開聖域，來到水世界。

他們一起離開的人裡，屬於同族的是銀之龍族「聖龍族」的龍夜、黑之龍族「黑龍族」的龍月，還有焰之龍族「緋炎族」的龍緋煉。

而疑雁是屬於另外一個族群，銀狼族的。

原本龍月沒有與他同行的打算，是因為龍緋煉答應當龍夜的指導者時，還要他另外找一個隨行者一起行動，所以龍夜當下就選擇才剛回來聖域，完成歷練的龍月了。

至於龍月本人，想到自己一回來又得馬上離家，感到非常無奈，如果不是看到龍夜一臉要「成仁」的可憐模樣，才不會一時心軟的答應。

不過這樣也好，多出去看看，多學習也不錯。

「月、月。」

龍月突然感覺自己的衣袖被人拉扯著，反射性看過去，「夜，怎麼了？」

拉扯龍月衣角的銀髮少年，張著大大的銀色雙眸，指著前方說道：「月，我們要不要先去找飛走的木牌啊，好像浪費了不少時間。」

「嗯，說的也是。」龍月點頭。

「那我們也去找了。」龍緋煉扳著雙手骨節，發出清脆的「喀喀」聲，再一手勾住疑雁的脖子，「你，跟我一組。」

然後，龍夜和龍月就看著緋煉大人把沒機會說「不」的疑雁直接拖走。

「他好可憐。」龍夜替疑雁默哀了一下。

當初在進行院別分類時，龍緋煉選擇到武鬥院之外，還強行指定擅長使用劍術的疑雁到魔法院當那裡的院生。

雖然疑雁會使用法術，去魔法院可以摸魚混過去，但真的去了那邊，他最擅長的攻擊手段等於被強制封印。

可惜，疑雁再不滿意，礙於對方是龍族的族長，又打不贏他，只好接受。

沒想到的是，疑雁就連分組測驗，也難逃這位大人的毒手。

「我們快點出發吧？」龍夜苦笑。

他現在只希望緋煉大人不要「認真」看待這個任務，以免他們連一個木牌都收集不到，最後東西全在那位大人的口袋裡。

終於開始進行任務，龍夜和龍月遠離人群，特意朝某個方向前進。

途中，跳過礙眼的障礙物，準備進行搜索。龍夜忽然聽到一個略顯僵硬的冰冷聲音，聽起來好熟。

『我有事要跟你說。』

不曉得哥哥大人在發什麼脾氣，龍夜想轉移話題的開心搶話。

「暮朔，我跟月確定是同一組欸，太好了。」

下一秒，龍夜興奮的感覺，被暮朔冷冷的語氣澆熄。

『還記得我說的話嗎?不可以太麻煩他。』

「是。」龍夜垂下頭，鬱悶地回答。

『小鬼，注意你的動作，繼續跟隨龍月移動，還有別白痴到把話大聲說出去，把音量降到最低，你說的再小聲，我也能聽見的。』

「喔，好。」

龍夜差點忘記，附近有不少人會經過，如果他一直以正常音量「自言自語」，只怕會有人以為他瘋了。

雖然在前方帶路的龍月，應該猜得出他在與暮朔說話。

「暮朔，請你長話短說，為了不拖月的後腿，我要認真點。」

『知道，這也是我不抓你進來的原因。剛才緋煉說的，你應該有聽清楚吧？就按照他安排的作業，一定要進B班以上的班級。雖然月那傢伙需要負連帶責任，不過，實際上要行動的人是你，不是他，明白嗎？』

暮朔的叮嚀，讓龍夜緊張地嚥著唾沫，祈禱自己不會不小心忘記。

『噓，那傢伙看過來了，動作別太大。』

正當龍夜要說話時，暮朔的批評，讓他又把話吞回，直到確定龍月沒有回頭，「疑雁跟緋煉大人同一組，沒有問題？」

想到疑雁不甘願的神情，龍夜不禁要替他默哀。

『不會有問題的。』

暮朔笑道：『如同你沒有進入B班就會「死定了」，疑雁小鬼呀！如果不自己想辦法自力更生，那就完蛋啦！』

「緋煉大人不打算動手？他們不是同一組的？」龍夜納悶地問。

『不一樣，緋煉有班級了，他會參加分班測驗，是太過無聊，跑來湊熱鬧，既然知道會被分到哪一班，你覺得他會理狼族小鬼的死活？』

「可是，緋煉大人如果把事情都交給疑雁，他還是很無聊呀！」

『放心，他不會無聊的。』

「為什麼？」暮朔的話讓龍夜好奇了。

『雙人合作嘛，緋煉動腦，疑雁小鬼動手，如果動手失敗，嘿嘿！』

龍夜完全不想知道哥哥的「嘿嘿」代表什麼意思，只能開始替疑雁祈禱，希望任務結束後，他不會累的跟行屍走肉一樣，臉上寫著生人勿近。

『小鬼，我剛才說的合作方式，沒有讓你想到什麼？』

「什麼？暮朔，可以說清楚一點嗎？」龍夜照例是一臉迷茫。

『嘖，合作方式啦！動武你不行，找東西總沒問題吧？』

暮朔看龍夜完全沒有領會他的意思，只好解釋。

「這方面絕對沒問題。」

如果是搜尋方面的工作，龍夜可以做到的。

『那就好，你不可以讓月那傢伙看不下去，最後幫你找、又幫你打，做這種全包的無本生意喔！』

「我、我會努力，不會麻煩他太多。」

龍夜雙手握拳，緊張地回答，這一次，他不可以再給別人帶來困擾。

一是不想再給朋友壞印象，二是不希望他犯錯後，暮朔動手把他拖到內心世界，逮著機會又痛打他一頓！

chapter 05 教會的行動

光明教會內，大主教專屬的休息區，分為九個區域、九個房間，柔和淺白色的九個房門上，各有一顆圓形的球體飄浮著，九顆球體，其中三顆泛著淡淡的白光，剩餘的六顆則是完全漆黑。

「喀」、「喀」的響亮腳步聲在教會的走廊內迴響，身穿白色祭司袍的男子，一臉嚴肅地往大主教休息區走去。

他走到其中一個房間前，直接推門進入的剎那，圓球由闇轉亮。

原來只要有人進入，圓球就會發光。當然，能夠進入其中，且讓圓球發光的唯有該房間的主人。

此時，房間內沒有其他人存在，僅有簡單的辦公桌椅和可以讓人休息的沙發，只是桌上卻有很多尚未處理過的文件。

男子進入後，等門闔上，就往沙發直直走去，重重把自己往上頭一拋，閉上雙眼，再把白色祭司帽脫下，露出略顯雜亂的灰褐色短髮。

他不在乎的把帽子丟到一邊，隨手把頭髮整理一下。

沒多久，他發出長長的嘆息聲，緩緩張開雙眼，淡藍色的眸中帶著一絲絲的慌亂。雙眉緊皺，又一次長嘆後，把臉埋入雙掌之內。維持這個姿勢沒多久，他起身走到辦公桌前，從衣袍內拿出一份文件，放置在桌面上。

「教皇冕下到底想做什麼？」他看著桌上的文件呢喃。

上午，教會內部傳出教皇失蹤的消息，讓所有人到處尋找教皇的蹤跡，還為此動用了聖騎士。沒想到，一到下午，光明教皇就自行出現在眾人面前，似乎不明白他的「失蹤」給教會帶來多少困擾。

而上午剛被光明教皇叫去詢問事情的莫里大主教，結束膽顫心驚的會談，要去完成光明教皇給予他的任務時，卻因為這個突發狀況，被另外八名大主教「請」去開教務會議。

——內容全是針對光明教皇行蹤成謎，教會如何應變的事件報告。

雖然莫里知道光明教皇「失蹤」時是和自己在一起，但他沒有說明，因為覺得沒必要，畢竟，那是教皇與自己的事情。

所以他佯裝不知情，露出替教皇擔憂的神情，與其他八名大主教討論教皇的行蹤，和往後又出現同樣的狀況時該如何處理。

時間一分一秒的過去，對他來說毫無意義的會議終於結束，正以為可以離開，又被其中五名大主教喊住，要討論別的事情。

沒辦法，他只能按捺住想要離開的心情，過去陪他們廢話。

等到一切說完了，他終於露出解脫的神情，回到屬於他的房間。

「如果這件事沒辦好……」

莫里看著桌上的文件，咬了咬牙，做出一個重大的決定。

他脫下代表身分的白色祭司袍，拿出一件灰色斗篷，快速的披上，再拿起桌上的文件，打個響指後，消失在這個房間之內。

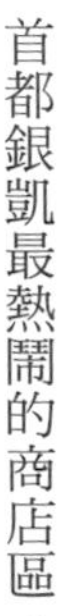

首都銀凱最熱鬧的商店區。

不止兩邊的街道上商家林立，商店前的小小空地上，還有許多的攤販在擺攤，將整個商店區擠得滿滿的，不時能聽到叫賣的聲音。

來來去去的人潮，順應前人移動方向的在大街上漫步

其中，有一名男子鬼鬼祟祟的在人群裡「逆流而上」，引發別人不快。

只是這個人身上的灰色斗篷裹得緊實，又刻意壓低帽簷，讓人看不清長相，加上移動速度過快，沒給旁人留下太多印象。

他完全不左右張望，似乎是怕有人認出他的直奔目標。

快速行走中，他不斷碎唸著：「快點，不快一點，時間來不及了。」

因為不按正常方式前進，決定逆行的結果，他比想像中更快抵達。

就在商店區的邊緣地帶，有一個外表破舊，更是大門深鎖的旅店。

奇怪的是，他走過去前，還刻意在離旅店稍遠的地方觀望了好一會，直到確定沒有人注意，才飛快的衝了過去，抬手敲門。

My brother,
lives in my body.

★雙夜┐來自異界的旅人/PAGE 001

「叩、叩叩、叩。」

帶著某種旋律的敲門聲響起，接著旅店內傳出了移動的聲音，可是，聽起來很緩慢。

男子等不及，再度用力敲擊著旅店大門，希望對方加快速度。

「咳、咳，等等，我來了。」細微的老人嗓音從旅店內傳來。

「喀嘰——」

老舊的大門發出難聽的聲響，老人吃力的推開門，見到來人後，咳了數聲後才道：「是客人嗎？」

大門打開，穿著單薄衣裳的老人站在門口，眼中透露著困惑與煩惱，似乎對穿得古怪的客人感到懷疑，不知道該不該讓他進去。

雖然旅店還在正常營業，不過好在「長期客滿」，不缺生意。尤其這位不請自來的客人，穿得實在太引人戒備。

「抱歉，店裡沒有空房間了，請客人您找別的店。」

門外的男子無視老人的拒絕，從斗篷內拿出一張黑色卡片遞上。

老人將目光下壓，瞪著卡片，最後，他緩緩移動身體，讓男子進入。

男子進入旅店後，老人只帶領他到櫃檯，就直接離開。

不知道老人帶領他到這裡的用意是什麼，男子只能在櫃檯附近走動，走著走著，發現櫃檯內傳出細微的衣服摩擦聲。

男子朝櫃檯裡望去，發現有個一頭綠髮的青年躲在裡面睡覺。

男子愣了愣，用力敲擊桌面，他敲了很久，青年好不容易動了動眼簾，發出不想醒來的囈語聲，掙扎許久才爬起身來。

綠髮青年雙手撐在櫃檯上，睡眼惺忪地看著男子。

「唔啊，客人啊？」青年用飽含睡意的嗓音發問，只是客人當前，他卻沒有站直身體，好好接待男子的打算。

男子看著青年許久，確定他還算清醒後，把文件放到櫃檯上。

「我要文件上的人。」

綠髮青年看著文件，不斷搔著頭，眸中透出困惑的神色，發出剛睡醒的低沉嗓音：

「嗯？這個人？不是在學院上課的那位？請問莫里大主教大人，您找他做什麼？我沒記錯的話，這份文件的原主人不是你吧？」

果然，這名男子就是莫里大主教，難怪他小心翼翼的不想被人發現。

「詳細情況在文件內。」莫里不打算理會綠髮青年的問題，冷漠地說：「這是教皇冕下交給我的，文件的真實性可以獲得保障。」

「嘻，您的忠誠度真高。」綠髮青年笑了一下，「原來有學院的學生惹到光明教會，才跟我們要人？雖然教會是『合作』對象，但我們是小小的情報組織，太抬舉我們了，這個任務不好完成的。」

「你想要什麼？」莫里問的直接，他不想與青年囉唆。

綠髮青年發出笑聲，對聰明人，他也會乾脆點：「情報。」

「……你要『獵人』的情報？」莫里瞇起淡藍色的眼眸，思忖著。

雖然對方沒有明說，但他知道，對方就缺「獵人」的情報。

對光明教會而言，黑暗獵人的存在是必要的，如果獵人的身分被揭露出來，那麼，教會的「暗處」行動必定會受限制。

「是的，我需要您的『獵人』情報，身為黑暗獵人領導者的您，不可能沒有吧？」

莫里大主教的掙扎，綠髮青年都看在眼裡，他嘴角揚起，露出愉悅的表情，細細品味著這一刻。

「知道了，我給。」莫里明知這場交易對他不利，也只能妥協。因為，這是賭注，如果這個任務完成不了，不只他原來的地位，就連這黑暗獵人領導者的身分也會跟著消失。

「契約合同書，請付訂金七十金幣。」綠髮青年拿出一張褐色的羊皮紙，上面寫滿了契約規章，遞了出去。

莫里低頭確實的看完一遍，鬆口氣的把羊皮紙收起，另外拿出一包裝的滿滿的錢袋，「喀噹」一聲丟到桌上。

青年瞅了錢袋一眼，拿在手上掂了一下，接著把錢袋丟到櫃檯下方。

「任務結束後，請付尾款……和情報。」

「希望你們收了錢後，可以給我一個滿意的結果。」

莫里拂袖而去，離開這間破爛的旅店。

直到莫里憤恨的離去，一直避在暗處，不發一語的老人走到櫃檯前，開口問道：「他在威脅您嗎？主人。」

「呵哈哈，威脅嗎？」綠髮青年笑了，「不會的，教會不敢威脅我們的，除非，他們希望教會被我毀掉。」

他聲音一變，一改原先慵懶飄忽的音調，變成低沉厚重的嗓音，而他背後的影子不斷隨著聲音閃爍。他瞧著自己的影子，嘴角微微勾起。

「啪！」

清脆的響指聲在旅店內迴盪，閃爍的影子不再閃爍，與黑暗融成一體。

「算了，趕快通知他。不過，我可不會完全照著那傢伙的玩法。」

他的聲音又變回原來的樣子，邊走邊說，來到櫃檯右側方，有一個大型的櫃子，櫃子被簾幕遮蔽著，掀開簾幕，裡面有很多小型抽屜。

他右手一揚，其中一個抽屜自動打開。

莫里放置在桌上的文件被青年丟了進去，抽屜又慢慢的關上。

綠髮青年嘴角輕揚，回到櫃檯裡的小角落，重新躺回去接著睡。

學院的楓樹林區，紅色的楓葉隨風飛舞，片片飄搖。

樹林裡最不缺的就是樹枝，而以飛走的木牌是鳥形來看，不曉得習性會不會跟普通鳥類一樣，喜歡站在樹枝上？

就衝著龍月提出的這點可能性，龍夜和他一起來到楓樹林。

巡視、搜尋許久，仰的脖子都痠了，依然沒瞧見木牌變成的鳥。

突然，附近的草叢裡發出細微的「沙沙」聲，耳尖的龍月眸光銳利的迅速抽出腰間長劍，快速往發出聲音的地方橫劍一劃。

草叢裡，一隻準備飛起的白色鳥兒，瞬間被龍月斬成兩半。

被斬開的白鳥立刻化成煙霧，變成一塊褐色木牌，落到地面。

龍月確定木牌的魔法解除，不會再變成鳥，才放鬆戒備的伸手欲拾。

忽然，半空中冒出許多青色的風刃，如雨落下般的一波波襲來。

龍月見狀，長劍反手一揮，製造出劍的風壓，將青色風刃抵消。

一旁的龍夜配合默契的右手一抖，褐色木塊滑落掌中，用力一捏，變成等身木杖，無形的風凝聚在木杖上，化成一顆手掌大的風球，朝著風刃的魔力來源處，也就是不遠處的樹上丟去。

「碰」的一聲，樹上的葉子們被龍夜的風球吹落了一半，不止如此，除了噴濺開的樹葉外，還有幾個粗大的樹枝掉落。

當藏身的楓樹被摧殘得不像樣，躲藏在裡面的人露出了蹤跡。那是身穿魔法院長袍的少年。

少年開口說話，因為距離太遠的緣故，龍夜他們聽不到聲音，但他們可以從對方故意放慢的嘴型判斷出他要說的句子。

——拿到一個了。

等他們理解少年說的意思時，已經來不及。

一道像蛇的影子迅速纏住木牌，木牌騰空飛起，順著蛇影的尾處落去。

那裡站著擁有碧綠髮色的青年，他神色自若地伸手，接住褐色木牌。

龍月黑眸微瞇，看向對方握著捲起繩子的左手，那就是把木牌搶走的工具吧？不是鞭子，是繩，難怪揮出時沒有鞭子那種惹人注意的聲響。

「呵。」綠髮青年輕笑，當著龍夜和龍月的面將木牌收進上衣口袋。

「你們太沒有防人之心了。」少年走到綠髮青年的身旁，揶揄他們，「一旦發現木牌，要特別小心，多注意一下附近有沒有人。」

龍月不打算回應這種挑釁的話，默默舉劍，直指對方。

「想要搶回去？」綠髮青年攤開左手的繩子。

龍月二話不說，步伐一躍，來到青年的身前，用力揮劍。

綠髮青年對龍月的攻擊並不放在心上，還悠哉的對少年使了個眼色。

少年嘴角揚起，從長袍內拿出木杖，朝龍夜和龍月的方向輕劃個圓弧，一道煙幕從木杖中噴出，遮蔽住他們的視線。

下一刻，龍月揮出的劍落空了，身前的白色煙霧似乎有特別的功能，在遮蔽視線之外，還有偏離攻擊的效果。

「現在是找木牌重要，我們可沒這個閒工夫陪你們打。」

少年的話在煙幕中迴盪，聲音越來越輕，像是正在遠去。

龍夜面對煙霧，抽出兩張符紙，召出風來把煙吹走，等到煙霧吹散時，那兩個人早已不見蹤影，離開了這個區域。

「他們走了。」龍月淡淡直述。

「嗯。」龍夜可惜的嘟著嘴。

「那兩個人我記住了。」龍月嘴角揚起，撂下危險的話。

被人擺了一道，怎麼可能心平氣和？雖然很想馬上追擊那兩人，但是他們說的沒錯，現在是找木牌重要，而不是找人打架。

「木牌被搶了，怎麼辦？」龍夜鬱悶地說。

很困難才找到一個，就這樣沒了，再這樣下去，非常的不妙。

「時間還長，再去找就行了。」龍月不以為意。

「但是……」龍夜話還沒說完。

龍月打斷他的話，「我一直在想，院長強調的話是什麼意思。」

「嗯？」龍夜剛想聽下去，就見龍月比了比四周。

龍夜明白龍月不希望他們的討論被可能躲在暗處的人聽見，快速抽出五張符紙，在揮舞木杖時，假裝使用魔法的樣子，偷偷拋出符紙。

「結界符，起。」

落地的五張結界符發出耀眼白光，將兩人包圍。

「月你繼續說。」龍夜兩手輕拍，看著開啟的結界滿意地說。

「院長一直強調『活的』，所以我們看到木牌變成白鳥飛走，可是，『活的』之前，院長又不經意的說了『注入魔力』。」龍月陷入沉思。

龍夜哦的一聲，沒錯，院長是有這麼說。

「所以活的不止是指木牌會變成鳥飛行。」龍月認為這很有可能。

木牌應該會變成其他的東西，要不然，艾米緹和拉莫非兩位院長，也不會放話說能夠完成任務目標的人，可以優先進入A班。

這麼好的條件，當然人人都會搶著要，但是條件太優渥了，是不是代表任務沒有表面上的簡單，另有深意？

「然後呢？」龍夜把握不住重點的呆呆發問。

龍月無力的看著他，才想說點什麼。

『兩名院長只給表面情報，就是個考驗。』暮朔的聲音悠悠傳來。

龍夜忍不住嘀咕幾句，「暮朔，原來你醒著？我以為你睡著了！」

『睡是有睡，只是你太吵了，不得不提點你一下。』

「……暮朔你是良心發現嗎？居然要來幫我的忙。」

龍夜發現暮朔很怪，印象中他是不會主動幫忙的，這讓他感覺毛毛的。

『什麼毛毛的？我又不是鬼。我只是不動手幫忙，動腦嘛，看心情囉！』

「也就是說，你現在心情好，願意動腦幫我們？那你可不可以不要打啞謎了，這樣會讓我以為你把我當傻子耍。」龍夜忍住吐血的衝動。

看龍夜那麼激動，龍月猜得到他在跟暮朔說話的暫時沉默著。

『哈，知道了，你沒說錯，我現在心情好，想要動動腦，不過解惑嘛……得要先等我做完實驗才行。』暮朔發出爽朗的笑聲。

龍夜越發覺得暮朔是在耍著他玩，「說什麼做實驗啊？」

「也對，我們要先做個實驗。」龍月突然說出相同的話。

「實驗？」龍夜發出疑惑的聲音，沒想到那兩個人的結論居然一樣。

『嘖嘖，月那傢伙也想到了？就先給他發揮啦！』

暮朔乾脆把「實驗權」交給龍月，決定先聽他說，再看需不需要補充。

「暮朔說，先讓你實驗，那個，是要實驗什麼？」龍夜迷茫中。

「你有記住木牌的魔力波動嗎？」龍月嘆口氣。

「有。」雖然不知道龍月想要做什麼，龍夜還是乖乖的回話。

「很好，看看附近還有沒有木牌。」

「喔！」龍夜把被搶走的那面木牌的魔力波動傳入木杖之中，「有了。」

龍夜用木杖指著前方大約十五步的距離，那裡有一大片草叢。

「那邊，就在那邊。」

因為龍夜說的範圍有點大，龍月閉上雙眼，聚精會神的傾聽著風的聲音，專注於同一個地點，最後，揮出簡潔的一劍。

「唰！」、「噗咯。」

前方的草叢瞬間被斬斷一半，草叢內傳出異常的響聲。

龍月張開雙眼，看著被斬落地面的雜草草屑中，正有一些草葉緩緩由青綠色變成褐色，最後變成一個褐色的圓形木牌。

『中獎。』暮朔笑了。

「猜對了。」龍月大大鬆了口氣。

這一次他們的動作很迅速，木牌一落下，龍夜木杖一揮，一條淡白色的絲線緊緊纏繞木牌，將它捲入自己的掌中。當他確定手中的物品的確是木牌後，趕緊收到收納袋裡，防止有第三者瞧見，又跑過來搶。

「木牌上的雕刻是個幌子。」龍月聳聳肩，開始解釋。

同樣的，暮朔無視龍月的解說，也加入「洗腦」的行列。

龍夜沒辦法同時聽暮朔和龍月說話，還好，他們兩人的說法幾乎一樣，還不至於聽到腦袋無法運轉的地步。

所以，最後他整理出來的結論大概是這樣。

木牌是活的。

這是魔法院院長艾米緹說的，從這方向推斷，如果院長只打算讓木牌活性化，應該不會讓一群魔法師累倒。除非他們不只賦予木牌「活性」能力，還讓它們擁有變化的「擬態」能力。

最初院生們看到木牌上雕刻的樣式，再加上艾米緹的魔法，絕大部分的人必定會認為這些木牌是變成白鳥的樣子。

可是木牌飛走後，一到「定點」會自動發動魔法師施予的「擬態」魔法。

起始的白鳥模樣應該是為了加強院生們的「第一印象」，目的是混淆視聽。

這個任務的變態之處，就在於院生對魔法的觀測力。

至於解開魔法的方法，需要用強大的力量強行破除，所以，魔法師的魔法、武鬥士的鬥氣都是不錯的選擇。

而先前拉莫非會說對武鬥士不利，是因為木牌的擬態一經發動，武鬥士再厲害也發現不了，畢竟武鬥士沒有魔法師那種可以抓住魔力波動的手段。

對此，拉莫非才會開出魔法院和武鬥院合作的條件。

龍月嘴角上揚，「這下子好玩了，夜，我們繼續找吧！」

『呵呵，真期待接下來會不會有什麼奇特的變化。』

「真搞不懂，你們為什麼會覺得好玩？」

龍夜輕輕嘆息，聽到兄長與朋友不約而同的期待語氣，他就想把自己撞昏，乾脆讓兄長和龍月一起處理任務算了。

只是他不敢這麼做，否則鐵定會惹毛暮朔。

「確定了木牌的『特性』，我們得快點行動，院長規定一人五個，還差九個。不過，最好多找一點，免得達不到B班以上的標準。」

龍月想到緋煉大人笑著說「安排功課」的話，忍不住替龍夜擔憂。

「呃，別提醒我啊！」龍夜真的很想忘記這件事。

如果沒達成，他根本不敢想像自己會變成怎樣！

再怎麼想偷懶的不想多找幾個，面對這情況，也得硬著頭皮去找。

在所有院生為了木牌到處奔波時，卻不知道，讓他們這麼忙碌的始作俑者，也就是兩位院長正在學院裡四處徘徊，趁機觀察他們。

他們一直不斷的轉換觀察的位置與方位，尋找最佳的觀賞地點，只要發現觀察對象不合他們心中的要求，便自動換下一個據點。

「欸欸，拉莫非你說，你覺得誰會勝出？」

艾米緹從宣佈測驗開始，與拉莫非一起行動後，每換一個地點，都用看好戲的神情拍著同伴的肩膀，話裡難掩興奮的開心追問。

被重複詢問的拉莫菲，忍不住瞟了她一眼。

其實他並沒有要和艾米緹一起「偷窺」院生們的打算，只是他要回武門院休息時，被對方強硬拉住，不得不跟著來。

「聽妳的話，該不會又要賭了吧？」他冷冷地問。

「沒、沒有。」艾米緹急忙揮手否認。

「算了，跟妳認真就感覺自己跟白痴一樣。」

「我很看好紅頭髮跟帶寵物的那組。」

艾米緹遙望著龍緋煉和疑雁所在的方向，該不該過去看看呢？不過這一組看了會覺得無聊，畢竟有一個已經確定班級了。

「不然就是那個銀髮小鬼跟黑頭髮的，或許會有出乎意料的成績。」

艾米緹想到籤王任務，既然龍夜有辦法將任務完成，觀察他應該會有意外的驚喜。

「我說艾米緹。」拉莫非不知道該不該說，「妳的評定標準是什麼？」

他祈禱著，只希望標準不是她用「那個」去評定。

「好玩呀！這兩組都有很好玩的人。」她果然說出了禁句。

褐髮綠眼的武鬥院院長，只能搖頭嘆息。

「妳呀，別一直好玩不好玩的。總之，按原定計畫到處看看吧！校長真是的，想出這麼詭異的任務做什麼，還讓學院的魔法師們集體累倒。」

拉莫非嘀咕著，原來這個麻煩的分班任務，並不是魔法院院長艾米緹想出來的，而是楓林學院的校長。

「知道啦！我們去前面，看看有沒有可以加入特殊班的優秀人才。」

艾米緹雙手攤開，略顯無奈，要不是茲克校長嫌他的院生太少，要用這種方式找出可以進入特殊班的院生，他們才不會做這麼麻煩的事。

雖然這個任務感覺上很好玩。

艾米緹在心中小小的補充一句。

已經掌握了進行任務的關鍵，除此之外還要做什麼？

因為兩位院長姍姍來遲的關係，進行任務的院生們都沒有吃飯，所以龍月跟龍夜在大展身手前，找了個地方坐下，先把肚子填飽再說。

剛吃完先前路過餐廳時弄到手的食物，龍夜才想跟龍月商量一下，等下要怎麼開始，眼前忽然模糊起來。

喔哦，不是吧？哥哥大人不會……

『死小鬼，你這笨蛋，居然被人搶劫成功。』暮朔在白色的空間內，不悅的說著，『木牌被搶了，你們居然不去追。』

「……暮朔，我們是要解任務，不是要抓人耶！」龍夜無奈地回答，又說，「還有，在這個時間點，你居然拉我到這裡！」

『有月那傢伙在，你擔心什麼。』暮朔冷冷挑眉。

「可是，我在忙任務的事情。」

『反正你們都坐下來吃東西了，也不差我找你談話的幾分鐘。』

暮朔不屑的挑眉，堅決要龍夜先弄清楚一件事。

『他們擺明了是看你們好欺負，故意搶牌，一組也算了，如果出現第二、第三組呢？不把他們解決掉，萬一又回過頭來動手？或者是故意擾亂你們的找牌進度……我想，你們最後不是在找木牌，而是在努力保住木牌。』

「這、這麼說也有可能。」

龍夜完全沒有想到這一點，就連龍月也是一樣吧！

『你們當下沒有反擊是錯誤的。對方用煙霧蒙蔽視線又如何？當他們提醒你們任務的重點是找牌時，你完全可以追蹤他的氣息，趁機出手偷襲，把木牌搶回來，順利的話，還可以出現搶一送一、搶一送二的好結果。』

暮朔是說的有理，讓龍夜找不到可以反駁的地方。

如果真是這樣，那不追過去的他們，不就是呆瓜？

只是那個搶一送一……

「暮朔，你其實是不甘心被人搶，想要搶回來吧？」

『這是原因之一啦！』暮朔冷笑，『只是你們把人給放走了，就算我再怎麼想要報仇也只能等下次，對了，剛才我說的，並不只針對你，晚點你要找時間，把我說的話跟那傢伙說。』

「你、你還要我轉告給月?還有，你怎麼跟月一樣，滿腦子都是報仇？」龍夜抖了抖身體，「任務、任務。現在是任務重要啦!對了，你不是說要我自力救濟?怎麼會突然大發慈悲，決定幫我？」

『因為這個任務好玩，所以我才會出口幫忙。』暮朔點點頭。

龍夜頓時無言，難道這位哥哥大人單純是想玩的慾望，被這些木牌給激發出來了，才會好心幫忙?

『你呀!別一直懷疑我的動機，有空就花時間多想一想，月那傢伙能夠想到，我相信你也可以的。既然這次月因為任務的關係，幫忙動腦了，那尋找魔力波動這方面，你可要做好，不可以偷懶。』

「知道。」龍夜低喊著。

這些話他聽了很多次，暮朔就這麼怕他忘記嗎?

雖然他理解力很差，卻不是笨蛋，不會隨便忘記的!

闖入禁地

太陽落下，月亮升起，時間到了傍晚。

確定要在晚上尋找木牌的龍夜和龍月，在陰暗的楓樹林中奔走。

「我不行了，休息一下。」

龍夜跑著跑著，看著在前面勻速奔跑的黑髮少年，像在耍賴般，停下來後立刻坐到地上，一動也不動。

「嗯？」龍月發現後面的人已經癱坐在地，發出困惑的嗓音。

「我要休息，這個樹林已經逛了一圈，讓我休息啊！」

生怕眼前的人要他繼續，龍夜先下手為強，把哀兵策略打出去。

「可是——」龍月垂下眼簾，右手抵著下巴，苦惱地說：「我們只找到三個，還差七個才能達到及格標準。」

「沒辦法，我投降。」龍夜手舉向天，「我就知道找這些不簡單。」

龍月看龍夜任性的賴在地上，不管他怎麼勸，龍夜就是不想起來。

他們一直以為找到木牌的「特性」，這些木牌就可以手到擒來。

但是他們忘了一件最重要的事，而龍月可以斷言，就連其他的院生恐怕也忘了這一件事！

艾米緹不只強調木牌是活的，還說木牌是她請很多學院魔法師製作而成。只不過她廢話太多，許多人都不想聽，就算聽了，也不會放在心上。

因為木牌是由眾多學院魔法師各別製作，魔力波動絕對不一樣。

魔力是有屬性的，雖然可以使用同一個魔法，但本質卻大不相同，不同的人自然有不同的魔力波動，搜尋起來，只能找特定對象製作的木牌。

況且，他們也不知道一名魔法師可以製作多少個木牌。

根據龍夜的探測，一名魔法師最多是製作十個左右。

其實不管一個魔法師可以製作多少木牌，如果其他的牌子被另外一組人尋獲，再收到收納袋裡，不管別人怎麼探查，都不會查到的。

因為可以裝入許多物品的空間收納袋是學院發的，用來給院生收納，減少身上攜帶物品的好東西，既然是學院出品，品質當然有保證。

一開始，龍夜還不知道，龍月也沒想到這一層。

所以他們努力的找、拼命的找，最後只找到兩個。

當他們發現事情沒有想像中的簡單，不知道該怎麼辦時，同時想到了暮朔，認為他一定有方法可以幫忙。

於是，龍夜便抱著對方可能會把他罵一頓的心態，去找暮朔。

可惜，溝通失敗了。

暮朔認為他給的提示夠多了，懶得再開口回答。

「月，現在能夠讓木牌數增加的方法，好像剩下搶了。」

坐在地上的龍夜，不得不把哥哥之前把他拖到心靈空間教訓一頓的重點想起來，發現最後的、最好用的尋找方法，就是搶一送一……

啊，不小心套用了暮朔的廣告詞。

事實上，任務開始這麼久，要是去搶劫，可能搶一個人會多得好幾個。

「嗯，這也是方法，但是除了一開始的那一組，之後我們都沒遇到半個人，畢竟學院太大了。」

正當他們煩惱怎麼去搶、怎麼找人，不知道該怎麼辦時，恰巧看到一組院生從拐彎處冒出來，即將來到他們所待的這裡。

他們兩兩對望，快速找隱密處躲藏。不論這組有沒有木牌，先躲再說，當然分別躲在鄰近草叢和樹上前，不忘順手抹掉方才留下的痕跡。

還不知道自己變成目標的二人組，踏著悠閒的腳步走來。

「欸，好像沒有人。」

「沒有人不代表沒有木牌。」

他們一邊聊天，一邊用手上的武器揮打著周圍的植物、樹幹。

樹上的龍月盡量不發出聲音的移動身體，朝龍夜躲的地方比了數個手勢。

看到龍月的手勢，龍夜微微點頭，代表自己看見了，他拿出木杖，讓木杖穿過樹叢，露出一點尖端在外面。

——光啊，顯現、聚集，凝為實體、化為絲線、化為束縛之結界。

龍夜無聲唸誦完咒文，木杖射出數條絲線，絲線的另一頭纏繞著對面的樹幹，接著切斷了木杖上的絲線，拉住尾端，等待對方前來。

那兩名交談的院生，並不知道前方大約五步遠的地方被設下了陷阱。

一步、兩步。

三步、四步。

五步——當他們踏出了陷阱範圍內的第六步，龍夜馬上拉直手上的絲線。

那兩個人猝不及防之下，無法自救的被絲線絆倒。

樹上的龍月立刻從樹上跳下，腰間長劍一抽，直接一劍揮過去。

第一目標，魔法師，被劍身拍中後腦，當場昏迷。

龍月落地後，身形一轉，空著的手拿起劍鞘，朝正要爬起的第二目標後頸用力打去！

第二目標，確定昏迷。

直到兩名院生確實昏迷了，龍月才將手上的劍收起。

龍夜從樹叢內走出，袖子輕抖，兩張符紙滑落手中，把符咒打入兩名院生的體內，再次宣告：「昏迷確認。」

「嗯？」龍月見龍夜做出詭異的行為，「我已經打暈了，不需要符咒。」

「可是，我怕他們突然醒來。」龍夜認真的解釋。

「唉，你符咒少用點，這裡的人不用法術的。」

「放心。」龍夜笑著建議，「被發現就說是邊境特有的魔法。」

「呃！」龍月發出短促的聲音，感慨地說：「你學壞了。」

龍夜發出尷尬的笑聲，把符咒用在這兩名院生的身上，並不是他的意思呀！是暮朔太會碎碎唸，一直要他使用，說是以防萬一。

而他回答龍月的那句話，也是暮朔要他說的，不是他學壞了。

但這臨時的「搶劫」行動，有了意外的收穫，在那兩人的身上分別搜出一面木牌，看來他們怕對方會獨吞，所以事先分好，各自收納。

龍夜一拿到木牌，高興的進行魔力探測，奇怪的是，不管他怎麼測試，都感覺不到魔力。

「怎麼了？」龍月發現龍夜表情凝重，擔心地問。

「探測不能……」龍夜說的很小聲。

「嗯？」龍月聽不太清楚。

「我探測不到，這兩個木牌的魔力波動並沒有殘留下來。」龍夜將木牌收到收納袋中，挫敗的猜測，「你覺得院長他們會不會故意製作出『解除魔法後，魔力完全消除』的木牌？」

不等回答，龍夜頹喪的低頭，「很有可能的，對吧？我投降了。」

「唉——」龍月發出長長的嘆息，「那兩個人也不能放在這裡。」

「嗯？昏迷符可以讓他們睡上一段時間。」龍夜以為龍月擔心他們醒來。

「不，給我兩條剛才的線，要長一點。」

「嗯？」龍夜歪著頭，無法理解龍月要做什麼，還是乖乖唸誦咒文，把絲線凝聚出來，交給龍月。

龍月一拿到絲線，做出讓龍夜訝異到說不出話的事。

首先是第一條線，除了臉，從脖子到腳，龍月將這兩個人綁得緊緊的，確定沒有掙脫的可能後，用第二條線把他們的腳分別綁妥，再用力的往樹上一甩，那兩個人就呈倒吊姿勢，被吊在了樹上。

「行了。」龍月雙手拍了拍，往樹上望了望，對自己的傑作感到滿意。

「吶，月。」雖然龍夜不想打斷龍月愉悅的心情，「這裡已經找很久了，我們要不要換地方？」

「只能這樣了。」

龍月一想到剩餘的木牌還有五面，原先高興的心情被澆熄了，開始長吁短嘆的思考，接下來要去哪找。

「月，別嘆氣，會短命的。啊——好痛！」龍夜想做的是安慰，卻冷不防被對方狠狠的敲頭。

龍夜吃痛地捂著頭，小聲碎唸，「我說的是事實。」

誰知道這麼小聲的抱怨，龍月還是聽到了，又朝龍夜的頭敲下去。

「你說我嘆氣會短命？那三不五時嘆氣的你又怎麼說？」

龍夜吐了吐舌頭，假裝沒聽到。

「算了，先去對面的樹林。」

龍月拍了拍龍夜的頭，往另一邊的樹林過去。

楓林學院的楓樹林極大，大到可能比全校區更寬廣。

所以，林子大了，什麼鳥都有，不、不是，是楓樹林大了，什麼危險的地帶都會有，而根據危險的等級劃分，一共分為四個區域。

要是平時，龍夜絕對不會跑去危險的地方，可是現在管他危險不危險的，誰叫木牌的飛行範圍是全學院，危險也得硬闖過去。

可是，他們一到交界處，立刻有默契地停下腳步。

「好陰險。」龍月傻眼。

「同感……」龍夜想退回去了。

前方是有路可以通行，但仔細一看，其實有透明的結界在阻擋。

「這裡是——西邊？」龍月抬頭看著夜空，用星星來判斷方位。

「是啊。」

「我記得西邊的楓樹林，不算危險地區呀！」

「嗯。」龍夜邊回答，邊抽出一張符紙，小聲唸誦咒文，「去。」

黃色的符紙泛出些微白光往前衝，一接觸到結界，傳出爆裂的聲音。

符爆了，結界安然無恙。

「怎麼會這樣？」龍夜瞠目結舌的難以置信。

「第一次遇到這種情況。」龍月注視破碎的符紙，「這個結界很棘手。」

「還要進去嗎？」龍夜很遲疑。

前方的樹林有強力結界阻隔，代表那一頭是不能進的。

一心只想尋找木牌，龍月不想將心力耗費在擋路結界上，自動將這個區域剔除在尋找名單之外，只是，剛這麼想，就看到一隻白色的鳥在林內飛翔。

「月，那是木牌？」龍夜呆呆的問。

「……欸，你問我做什麼，負責探查木牌的人是你。」

「沒辦法。」龍夜兩手一攤，「我的探查不能穿過前面的結界，如果想知道前面的鳥是不是木牌，就只能進去。」

龍月瞇起黑眸，直勾勾凝視著白鳥，內心十分掙扎。

「我們進去看看？一下下應該沒有關係。」

獵物就在眼前，不論是真是假，龍夜都想要進去查探。

龍月想了想，只能點頭，「好，我們進去。」

希望進去後，不會是撲空且又多增加不必要的麻煩。

會在這個並不危險的地區設置結界，設置者一定有他的原因，這人，說不定是學院導師等級的人物。

不過為了任務的話，白鳥是木牌卻可以在那邊飛，就代表不危險？

龍月一邊說服自己，一邊硬著頭皮，打算強行破除結界的上前，黑眼微瞇，抽出長劍，一劍揮下。

但，什麼事都沒有發生。

劍砍到結界上，像是切到軟綿綿的物體，把劍給彈了出去。

「就算改造過，學院發的劍依然很爛。」龍月咋舌，「真想換劍。」

「那要不要換我來？我用符咒試試。」龍夜也想做點事。

「不了。」龍月在結界前來回踱步，「依照你的個性，一定會用禁咒級別的法術破解結界，最後吸引很多人過來，還是讓我來『處理』。」

雖然這麼說，龍月卻沒有把握可以在不引人注意的情況下打開結界，他在結界前轉了幾圈後，停了下來，將長劍直指結界。

龍月一臉嚴肅地看著結界，龍夜在一旁屏息以待。

忽然，長劍發出淡淡的藍光，漸漸的包覆住劍身，龍月向前一踏，用力一劃——結界出現了一道既深且長的裂縫。

「呼，成功了。」龍月滿足的收起長劍，和龍夜兩人往樹林內走進。

「啊，真糟糕，我忘了。」

依然在偷偷觀察院生動態的魔法院院長，發出驚訝的聲音。

一旁的武鬥院院長，疑惑的看向她，「怎麼，什麼忘了？突然大喊，會嚇到人的。妳別忘了，我們是在偷偷觀察，要是被院生發現怎麼辦？」

「嘖，我忘了告訴院生們，西邊樹林有新劃分出來的『禁地』。那個，他們應該不會跑進去吧？畢竟禁地結界很堅固，不是普通院生能夠解開的。」

艾米緹無視一旁的拉莫非，自言自語著。

聽出些許端倪的拉莫非臉色一沉，不自覺看向西邊樹林，「禁地結界只有導師等級的實力才能解開，而且，沒有通行許可的院生，不可能進得去。」

「你說的對。啊，等等，今天有兩名院生進去了喔，是校長要他們進去的，聽說這一次成功的話，禁地就可以解除警戒。」

「喔？那個快成功了？」拉莫非的綠色眼眸閃耀出興奮的眸光。

艾米提點頭，可是，她的雙眉卻皺得緊緊的。為了舒緩緊張感，她推了推鼻樑上的眼鏡。

明明知道不可能有人進入，她的心中還是有著奇怪的預感。

而正如艾米緹所不安的，在她在擔心是否有人闖入禁地的同時，禁地內，有兩名「不可能」通過結界的院生，順利進入了。

「等等，月你走慢點。」

龍夜看著前方越走越快的黑髮少年，在後面大聲呼喊。

「啊，抱歉。」龍月總算發現自己走的太快，急忙放緩腳步。

「真是的，距離時效還有半天，這麼趕做什麼？」

好不容易跟上來的龍夜，喘著氣的好奇發問，「月，你剛才是怎麼做到的，那個結界應該不是說能斬掉就可以斬掉的吧？」

龍夜回頭一看，遠方的透明結界已經完全恢復。

「沒什麼，只是把氣灌入劍中，再用普通的斬擊揮出。」

「喔，套一句這裡的話，就是用『鬥氣』斬開吧？」龍夜理解地說。

魔法師施展魔法是需要魔力，武鬥士雖然不能像魔法師一樣使用魔法，但他們卻另外衍生出一種與魔法相似的鬥氣。

只要是武術家，就得學會操控鬥氣。

鬥氣也跟魔法師的魔法一樣，有屬性存在。

在初期修練時，鬥氣的屬性是顯現不出來的，只要一出現屬性，就可以知道自己的修行方向。如果有必要，和與自己屬性相加乘的魔法師合作，攻擊對手時效果可以倍增。

「這麼說，月是水屬性？」龍夜想起龍月揮劍時，劍身泛起的藍光。

「喂，你到現在還不知道我的屬性？」

龍月沉著臉說，他並不會認為龍夜是在跟他開玩笑。

這下子，龍夜糗大了，他沒想到對方的反應這麼大。

「但是——」眼簾低垂，龍月看著腰間的劍，呢喃著，「有裂痕了呢！被那傢伙知道，一定會殺了我。」

「嗯？月你說什麼？」龍夜歪著頭問。

「不，沒什麼。」他笑了一下，輕輕摸著少年柔軟的銀色長髮。

龍月心底不自覺浮現出一句話——真不愧是暮朔啊！

學院原先派發的劍，根本不適合他，一旦認真使用，劍就會變成廢鐵，所以拜託擅長改造武器的暮朔強化長劍。

雖然改造的代價很高，但是連那把爛劍都能斬開結界，果然值得。

「月，如果白鳥是木牌，為什麼還是那個狀態，沒有進入擬態？」

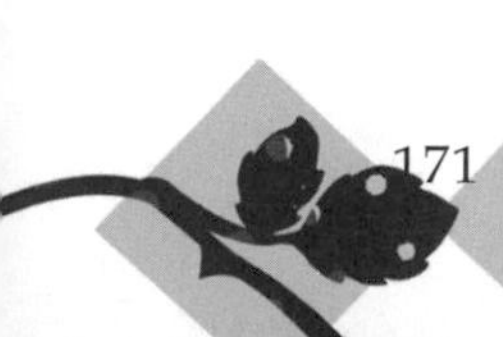

龍夜後知後覺的發現不對勁，有些不安的暗想，難不成是真鳥？

「嗯。」龍月手抵著下巴，思忖著。

的確，龍夜沒有說錯，木牌進入擬態的時間很快，那為什麼這個地區的木牌還是維持白鳥狀態？這個疑問點醒了他。

龍月掃視著四周，難不成這地方有問題？所以木牌的魔法沒辦法自動解除，化成擬態狀態，不然，白鳥恐怕就是一般的鳥類。

要想知道究竟是哪種情形，最快的方法是——

「夜，你探查一下，那是普通的鳥，還是木牌。」

問句一出，卻遲遲等不到該有地回答。

「夜？你怎麼不說話？」龍月一轉頭，後面，一個人都沒有。

然後，他只聽到細小的水滴聲，就像雨打到水窪裡的聲音。

「這……」龍月倒抽口氣，緊張的到處張望。

附近一個人影都沒有，如果他仔細觀察，應該會發現，他的身後多了一灘水漬，而那個位置是龍夜最後所站的地方。

★雙夜┐來自異界的旅人/PAGE 001

「這裡是哪裡？」

龍夜打量身邊的環境，四周都發出淺藍色的光芒，無法分辨。

他嗅了嗅空氣中的氣息，發現這裡的「水之氣息」很重。

如果用這裡的說法，應該是「水元素濃度」很高吧？

在這個不知名的地方，龍夜有點害怕，但他還是想辦法鎮定，這樣才可以快點找到出口，離開這裡。

「唉，早知道，就別因為一時好奇而那麼做。」

那時候，他跟龍月討論木牌的問題聊到一半，察覺到他們所在的地方有異狀，想要提醒龍月，卻不敢說。

因為不確定。

於是龍夜偷偷的用法術，探查這片樹林。但他不管怎麼看，也看不出所以然來，還以為是自己太敏感所產生的錯覺，正要把法術收起，赫然發現，自己被「某個東西」包圍了。

龍夜發覺事情不妙，想要通知龍月，偏偏視線開始迷離，伸出一半的手也垂了下來，陷入短暫的昏厥。

等他醒來，就發現自己來到這個詭異的地方。

「這裡是哪裡？」他重複地說。

『這裡，是結界。』

一道沉穩，讓他心安的聲音從心裡飄出，龍夜發出鬆口氣的低呼，「暮朔。」

『嘖，來到麻煩的地方。』暮朔嘖了一聲，抱怨著。

「幫我，我不知道該怎麼離開。」龍夜飛快做出決定，馬上向暮朔求救，這是現在唯一可以幫助他的人。

『不要。』暮朔斬釘截鐵地說。

「可是，我沒辦法了，只能拜託你。」

『我說過，自己的事自己解決，不要求助我。』

「可是……」龍夜的話還沒說完。

『不要！』已經被暮朔打斷。

「好吧，那算了。」

『咦？』暮朔發出訝異的聲音，他沒想到龍夜居然這麼快就放棄了，依照慣例，他應該會一直拜託的。

「啊啊，暮朔你不想幫就算了，月發現我不見一定會尋找，我就在這裡等待救援。」龍夜乾脆地坐下。

暮朔一把火起，『小鬼，你居然放棄的這麼快，又想靠月。』

「反正你一定是沒有方法出去，才說『不幫』，只能等待救援了。」龍夜認真的說著，讓暮朔無言以對，這方法他是用不膩嗎？

『說過很多遍，激將法沒有用。』

「才不是激將法，還是說，你真的有辦法出去？」

『有是有，但我要你自己想。』暮朔殘忍的把問題扔回去。

龍夜剛想做最後掙扎的說點什麼，暮朔悠悠的補上一句，『還是真的又要麻煩月，靠他來救你，然後被討厭？』

「我知道了。」龍夜不想被討厭的認真起來。

「我想想喔，什麼符咒比較好用？這裡是水屬性結界的樣子，如果用雷咒好像會打到自己吼！」他才不想引雷下來，卻劈到自己，那太悲慘了。

『嗯？引雷？這方法可以呀！只要你另外使用結界符保護好自己，那就沒有問題……等等，你在套我話？』暮朔發現自己中計的愣住。

「啊啊，我差點忘了結界符的功用。」龍夜雙手一拍，恍然大悟地說。

『沒想到，我居然被套話了。』暮朔的心情很微妙。

「呵。」龍夜俏皮地吐了吐舌頭，「沒想到會成功，月說的沒錯，果然好好使用這個方法，就可以順利套出想要的情報。」

『龍月是嗎？哼哼，是他啊，很好，他完了。』暮朔發出駭人的宣言。

發覺自己不小心出賣了友人，龍夜只能替龍月默哀，希望他不會被暮朔整的很慘。

『還不動手，你不是要出去？』暮朔不想浪費時間的催促。

「唔，已經在做了，不要催我。」龍夜邊抱怨，邊拿出木杖。

『等等，小鬼，你拿什麼鬼東西，你不是要用符咒？給我拿木杖作啥！』

正要使用木杖的龍夜，突然聽到暮朔的怒吼，持杖的手一抖，急忙把木杖重新收起，再抽出五張符紙。

『等等，你先分析這裡的構成，確認是不是水屬性。』暮朔謹慎的要求。

龍夜閉上雙眼，唸誦著咒文，符紙漸漸發出五種不同的光芒，等他雙眼睜開，咒語唸誦完成，持符的手一揮，朝五個不同的地方丟去。

「沒錯，是水屬性，而且，好像又是結界？」

『嗯，看樣子，這裡是結界內部另外生成的阻隔結界。』

「唔，這樣的話，有辦法引雷嗎？」龍夜重新思考使用符咒的方針。

『……』慕朔沉默了。

龍夜緊張地說：「不會吧，沒辦法了？」

『不，方法是有，只是變麻煩了。』

「喔。」龍夜鬆了口氣。

『你的結界符有幾張？』暮朔突然詢問。

龍夜把身上的符紙全部拿出來，一個一個算，「六張。」

『雷雲符和召雷符呢？』暮朔接連報出龍夜持有的雷符之名。

「八張和九張。應該夠用吧?平常只要一張的。」算符紙張數的手停下，龍夜皺起雙眉，不確定地說。

『應該夠。』暮朔原本就不想靠這些打破結界。

「嗯嗯。」龍夜安心了。

『況且，這世上沒有打不破的結界，光是打出一個洞也好，只要讓那傢伙發現這裡有異狀，他就有辦法讓我們出去。』

「這樣行嗎?龍月說過，不能太招搖的。」

感覺暮朔情緒開始亢奮，龍夜忍不住提醒，另外他還注意到一件事。

「你會要我小心不要被月討厭，那能不能看在月是我朋友的分上，不要一直那傢伙、這傢伙的喊呀！」

虧暮朔前些日子還乖乖的喊龍月的名字，沒想到這麼快就破功了。

『我說過，我沒有好好稱呼別人的良好習慣，反正我說的話，除了緋煉跟你就沒有人會聽到，不是嗎？』暮朔用歪理辯解中。

龍夜頓時無言，的確，這位哥哥大人是沒有好好稱呼別人的習慣，連自己弟弟都會用

「小鬼」來稱呼，由此可知他不喜歡喊別人的名字。

只是，那位大人似乎是例外？

龍夜想到，那位紅色頭髮的族長大人，暮朔到目前為止，都沒有對他喊過什麼奇怪詭異的稱呼，一直叫他的名字。

「好啦、好啦！我不想跟你爭辯了。」龍夜嘆氣。

對這位性格無常的哥哥，自己只有認命的分。而且，他們在這個鬼地方吵起來，地點不對，還是早點將話題止住，先離開再說。

「雷雲符、召雷符。」

龍夜把符咒擺成扇形，左手跟右手各拿著五張符咒，夾在指間，雙手交叉。下一刻，雙手的符咒漸漸各自發出青色與紫色的光芒，龍夜將符向上一甩，符咒飛向半空，水色的世界瞬間烏雲密佈。

接著，他另外拿出六張符紙，那是結界符，用力一甩後，結界符釘在六個角落，而他就站在射出的符紙中央。

「結界符發動。」龍夜右手一揚，腳邊的六張符紙發出白色光芒，形成半圓的光罩，

『嗯？』對龍夜突然的叫喚，暮朔發出疑惑的聲音。

「如果失敗呢？」

『小鬼，還沒完成你就先想到失敗，要給我成功。』暮朔狠狠罵了過去，接著豪邁地說：『失敗了，大不了換我上場。』

「這是你說的，到時候不要後悔說不想幫忙。」龍夜說完，高舉的手向下一指，烏雲內發出陣陣的雷鳴聲，接著，一道光柱由上往下打落。

強烈的光線讓龍夜不自覺地閉上雙眼，然後，聽到熟悉的嗓音……

「夜！」

身體猛地一震，龍夜緩緩睜開雙眼。

龍月緊緊抓著他的肩膀，神情十分緊張地叫著他，「夜，沒事吧？」

「唔？回來了？」龍夜疑惑地說。

『嘖，果然……破爛結界，外強中乾。』暮朔不滿的聲音傳來。

龍夜不解地問：「怎麼說？」

「你說什麼？」龍月關心的追問。

「我在跟暮朔說話啦，他說什麼『破爛結界，外強中乾』的。」

『我還以為有多棘手呢！結果這個結界防「內」不防「外」，真的如我所料。』暮朔在那邊狂抱怨。

龍夜完全聽不懂，「我很辛苦耶！我還以為是我打破結界。」

「是你打破的。」龍月摸了摸龍夜的頭，「你的攻擊先打出一些裂縫，讓我知道你在哪裡，然後我又補上一劍。」

他拿起長劍給龍夜看，此時手上的劍已經斷成兩半。

『等等，我改造的劍怎麼斷了？』暮朔大吼。

龍夜摀著耳朵，苦惱地說：「拜託，月又聽不到你的聲音，別對著我吼，我的耳朵會痛。」

「糟糕，他抗議了是嗎？」龍月驚覺情況不妙，把劍收起後詢問。

「何止……」

龍夜在呻吟，暮朔正在歇斯底里的狀態。

「我認命了。」龍月嘆口氣，劍斷了，不論是修理，或是改造新劍都要拜託暮朔，他對自己之後的「遭遇」完全不敢想像。

「我還是搞不清楚。」龍夜歪了歪頭，一臉無法理解的樣子，「那個結界為什麼不關你只關我？」

龍夜一想到自己被關在裡層結界，龍月卻在外頭，就心理不平衡。

「說不定是我之前打破過結界，才沒關我？」龍月不確定地說。

『嗯？或許是因為那是自然結界。』暮朔冷靜下來。

「那叫自然結界？」龍夜重複著暮朔的發言，龍月開始旁聽。

『這裡的「水之氣息」不是很濃厚嗎？只要有凝聚的關鍵，就會往那裡聚集，形成自然結界。』

「啊啊！」龍夜發出驚呼聲，「所以我用『探查』檢查這個地方的時候，『水之氣息』被我的法術吸引，變成只針對我的結界？」

這樣就可以解釋龍夜使用法術時，為什麼會感覺自己被「某個東西」包圍住，原來是構成結界的水元素被他吸引。

「嗯，看樣子你已經知道原因了？」龍月不知道他們兩個在說些什麼，但是聽完龍夜「自言自語」的話，大概了解一半。

「真不愧是暮朔，連這個也知道。」龍夜感慨地說。

『你學法術的，連這個也不知道，會不會太扯了？』暮朔不留情的開罵。

「唔。」龍夜悶悶地說：「我討厭複雜的東西嘛。」

『喂，小心我再把你抓去「特訓」喔！』

暮朔的話，就像一把重錘敲入龍夜的心中。

「特、特訓！」

像是被強制開啟了某個不該開啟的開關，龍夜忍不住打了個寒顫。

幸好暮朔自己岔開了話題：『雖然只拿到五面木牌，但有總比沒有好。』

「什麼呀！今天到處跑很累的，我們還跑去打劫，你還嫌？」

龍夜發出哀嚎，像是已經撐不下去。

『嗯，打劫成功是好的開始，加油！俗話說得好，一回生二回熟嘛，習慣了就不會覺得搶劫別人是一件困難與羞恥的事情。』

暮朔根本不把龍夜的哀號聽在耳裡，還勸他再多去幾次。

「暮朔。」龍夜的臉瞬間漲紅，「什麼一回生二回熟！你以為這場任務結束後，我們還要繼續打劫別人？我又不是你。」

打劫別人，是暮朔的強項，他還有一句自己發明的名言，就是——這個世界上，沒有他打劫不到的，除非是他不想要的。

所以龍夜一聽話題的開頭，就明白暮朔打算要分享他的打劫技巧。

『嘖，死小鬼，多學一點沒有關係的。』

「……我可以不要嗎？」龍夜想直接拒絕。

『浪費，不想學就算了。』暮朔話題一轉，『小鬼，你今天開竅了嗎？居然會想起那傢伙說過的方法，懂得趁機套我的話。』

龍夜馬上閉緊嘴巴，放空腦袋，他沒聽見啊沒聽見。

『呵啊，別緊張，我沒有找你算帳的意思。』暮朔打個呵欠，『老實說，這一招真的很好用，以後遇到這類狀況，要常用呀！』

「咦？嗯。」

暮朔沒有開口罵人，倒是讓龍夜嚇到，這是代表，方法用得好？

『只是激將法真的對我沒用，所以你如果不想被我罵到死，就別把時間浪費在那上面。』

「誰知道這招對你沒有用。」龍夜小聲嘟噥。

他以前老是看暮朔用短短幾句話，就把對方氣到照著他的話去做。誰知道自己去試，卻一直被暮朔罵回來，吃虧的反而是自己。

『因為你不擅長騙人，而且你想說的話都會寫在臉上。我問你，當你明知道對方想騙你、激你說出他所期待的話時，你會怎樣？』

「不知道。」

『……小鬼，想完再回答我，不要一秒即答。』暮朔的聲音變冷。

龍夜發現暮朔口出威脅，這才思索了一下，「裝傻，或者不說？」

『沒錯，既然我知道你在故意逼我，又哪可能中計？要像你套我話的時候，先有初步的解決方法，有了好的開頭，我才會下意識給你建議，當然，你提出的方法如果是錯誤的，自然會被我罵，套話的可能性就會變成零！』

暮朔詳細的解說完，龍夜聽的猛點頭。

沒錯，所以他才會非常努力地先想出一個大概能破解結界的方法。

「我以後知道怎麼做了。」龍夜有信心可以再成功。

『對了，月那傢伙把劍弄斷了，記得告訴他，我會找機會跟他算帳。』

「是。」龍夜忍不住替好友捏一把冷汗，雖然暮朔要他傳話，但是這些話，他說不出口呀！

『記得說啊，不然，就去特訓。』暮朔舊話重提。

龍夜傻眼，他逃避了這麼久的話題，為什麼又回來了！

意外的插曲

龍夜跟暮朔明明是雙胞胎，但是擅長的事物，出奇的大不相同。

龍夜有嚴重的修練障礙，對於劍術與武術，全都無法學習，根本看不懂、練不會，就算被族人抓去「實地練習」，最後也只是被人打得一身傷。

還好，他仍是有一技之長。

龍夜對法術的天分很高，對族人來說，勉強算是有長處，只是他們那一族，對法術不太在意，所以族人們對這個長處並不看好。

至於暮朔，雖然沒有自己的身體，活動的時間也有限，卻是個全能天才，什麼都會，什麼都學很快，但他有一個缺點，那就是——

很愛睡覺、很愛整人。

特訓也是他整人的手段之一。

龍夜敏銳的直覺和法術的熟練度，全是被暮朔訓練出來的。至今他還在後悔，當初居然會傻傻的被騙去特訓。

那時候，龍夜不過是隨便應了一聲，暮朔卻當真了。

在那之後，他就沒有一天好日子過，什麼蒙住眼睛應付襲擊、默發法術之類的，有時候還會趁他睡著時，在外面設下一堆陷阱等他去踩……等等一堆讓他哭笑不得卻抗議無效的事。

龍夜曾經問過，「練這個有用嗎？」

暮朔卻笑笑的說：『嘛，別這麼說，總有一天會派上用場的。』

這種異於常人的訓練方式，確實讓他的法術學習異常的快。只是，有時候龍夜會小聲抱怨，族人們對法術又不重視，他學這麼多要幹什麼。

但暮朔總是回他一模一樣的話，他說，天生我材必有用，又不一定學武就會比較厲害，然後話鋒一轉，怪罪龍夜懷疑他的特訓是假公濟私，是想要欺負人才想出這些，接著，暮朔會開出一堆懲罰性質的「功課」，讓他進修。

所以龍夜一聽到「特訓」，就會反射性的感到畏懼，想要逃避。

「對不起，暮朔，我錯了，我以後會乖乖配合你的要求。」

龍夜雙手合十，只差沒下跪跟暮朔道歉。

『知道錯就好，沒事我去睡覺，之後的事情你自己加油……還有，你要龍月注意一下前面，那個已經「實體化」，最好快點解決掉。』

暮朔的「睡覺宣言」拋出後，詭異的停頓了許久，才又加上一句，要他們注意實體化的「那個」，感覺很緊迫危急。

正如暮朔所說，前方的水之氣息增強，濃烈到連龍月也發現不對勁。

他們又往前走了一段時間後，奇妙的景觀赫然出現在兩人眼前。

在不遠處，樹林中較為空曠的地方，水之氣息已經實體化了，淡藍色的煙霧像蜘蛛網，不斷向外延伸，其中，纏繞在上空的煙霧，飄散的方法毫無章法可言，但內側卻有條理的往中間聚攏，呈螺旋狀的姿態垂落至地面。

龍夜驚愕地看怔了，「該不會有人在進行什麼『儀式』吧？」

如果不這麼解釋，他想不出其他可以釀成這種局面的狀況。

只是，想要進行儀式的話，怎麼會挑在這裡？

龍月和龍夜互看一眼，同時點頭。

龍夜右手一抖，五張符紙呈扇狀收攏在掌心。

龍月的劍只剩半截，也只能勉強使用的握緊劍柄，小心翼翼往前走。

兩人一前一後來到空曠的地方，淡藍色的煙霧包圍住這裡，令人驚訝的是，螺旋狀煙霧所延伸的方向，還有一個小型的透明結界，內部已經變成水藍色，那裡面的水濃度有多高，連龍夜也無法確定。

「結界內的結界？又是一個自然結界。」龍月套用先前聽來的名詞。

「暮朔說要快點解決。」龍夜催促著，快速將五張符紙併射而出，貼到結界上，「轟」的一聲，炸出一個小小的洞。

龍月抽出斷成一半的長劍，用力往裂縫刺入，再往下一劃，切出可以行走的通路後，兩人立刻快步走入。

結界裡面的煙霧更濃，難以分辨方向，龍夜拿出「暴風符」吹開前方的煙霧，兩人才終於看清楚是怎麼回事。

在結界的中央畫著一個小型魔法陣，正發出淡淡的藍光，而在陣中則是放著一個圓形的托盤。

令人詫異的是，托盤中間放著金色的碗，銀色的葉子鋪滿金碗，中央還插上好幾株水藍色的花朵，再往上看，十個藍色小光點呈圓形圍繞在水藍色的花朵上，每隔十秒朝順時針方向轉動一次。

碗中的水藍花朵，像噴泉般噴灑出淡藍色煙霧，而銀色的葉子向上飄出點點銀芒，藍色小光點不斷吸吮著煙霧再把它釋放出來。

被藍色小光點釋放出的煙霧，會向光點中央聚攏，形成小小的透明結晶，再等一段時間，小結晶吸收足夠的元素之力後，顏色會從透明變成深藍。

十個藍色小光點此時正開始向結晶石併攏，龍月見狀，趕緊向前一步，右手輕抖，十餘道劍氣擊向藍色小光點。

毫無意外的，光點，消失了。

魔法陣的光芒瞬間消逝，碗中的銀葉、水藍色的花一一枯萎，深藍色的結晶石掉落到金

碗中，還沒完成的「儀式」被龍月硬生生打斷。

「完成了？」龍夜緊張地問。

明明是暮朔說要快點解決，龍夜心中突兀的萌生出詭異的預感，那是他每次遇到倒楣事之前，必定會有的糟糕預感！

龍月這時走了過去，將掉落到金碗的結晶石拿起來查看，看了老半天，看不出有什麼危險的地方，對龍夜揮了揮手，示意要他過來。

龍夜見狀，走過去，仔細打量龍月手中的結晶石。

「這東西。」龍夜看了許久，不確定的道：「水元素形成的結晶石？」

龍月搖搖頭，表示不知道這是什麼物品，「按照暮朔好東西死不放手的性格，會只是要我們快點解決，應該是危險的，毀掉好了。」

「咦？可是結晶石能用來修劍喔！」龍夜聞言，趕緊搶過結晶石。

拜託，如果這真的是飽含水元素的結晶石，應該沒有危險性，而且實際的使用性有很多方面，最主要的是能拿來當修劍的礦石使用。

他無法理解，龍月為什麼會想要毀掉它，就因為暮朔說要解決？

龍月不理會龍夜說出讓他很心動的誘惑，空著的手直接一揮，打開龍夜拿結晶石的手，結晶石因此而飛起。

「鏘，咚、咚。」結晶石被龍月斬成兩半，落到地上。

龍夜愣了愣，看著被砍成兩半的結晶石，裡面的元素漸漸消逝，最後變回了他們一開始所看到的透明結晶石。

過了一會，透明結晶石變成白色煙塵，在他們眼前消散。

龍月把斷劍收回鞘中，解釋道：「我知道它很像結晶石，擁有很大的水元素能量，只是暮朔說了要快點解決，為了我的劍……」

他也很無奈，要不是自己的劍得拜託暮朔處理，他絕對不會這麼乾脆的毀掉它，那可是像結晶石的好東西，普通時候哪下的了手。

就算是百分之一的機率，他也想留下它。

聽著龍月的解釋，龍夜可以理解，但是無法釋懷。

「呼。」龍月見暮朔指派的任務完成，這才鬆了口氣。

「唔——」龍夜一直看著結晶石消散的地方，不斷發出詭異的聲音。

他的糟糕預感有增無減，龍夜卻沒有勇氣說。

而他的表情，讓龍月誤解成龍夜不贊同毀掉「它」。

「我也沒別的辦法。」龍月右手抵著下巴，一臉無奈。

「我知道。」龍夜只能接受這個事實。

原本他想要探測結晶石的實際構成，看看有沒有危險，如果沒有立即的危險，說不定可以交給暮朔，替龍月做出好的武具。

可是他的如意算盤，卻被龍月一劍毀了。

「唉。」龍夜不停的嘆著氣，用哀怨的眼神攻擊龍月。

「……」龍月承受不住的開始左右張望，想要轉移焦點。

可能是儀式被打斷，結晶石又被毀了的緣故，附近的水之氣息開始淡化，他們總算看到來這裡的「目的」。

「夜，上面。」龍月趁機大喊。

天空中，有三隻白色鳥兒在飛翔，比他們原先進入時，又多了兩隻。

由於他們已經在結界內，龍夜可以感覺到，這些白鳥正是他們要找的目標——也就是由魔力驅動的木牌。

「還是鳥形？」龍月呢喃，正要動手時，想起劍斷了的事，「夜，我的劍斷了，打不到，你用法術把它們打下來。」

龍夜點點頭，右手一抖，五張符紙從袖中滑落，朝天上的白鳥打去。下一刻，白鳥一隻隻發出爆炸的響聲，變成三塊木牌掉了下來。

龍月衝上前接住掉落的木牌，收好，「還有兩個。」

「等等，月，我有話要說。」

龍夜尷尬地笑了，把符紙全部拿出，攤給他看，「我只剩下這些符紙，再這樣下去，就沒辦法使用符咒了。」

龍夜這番話，讓龍月動搖了，距離任務結束還有半天，他要不要去找緋煉大人，抱著會被宰的想法，請求幫助，好將剩下的木牌拿到手？

「追蹤下去的話有點麻煩，我們目前戰鬥力不足，只剩下找緋煉大人合作，和回去集合地點打劫別人這兩個選項。」龍月提出他的想法。

龍夜一聽到某個名字，嚇了一跳，「你、你確定？」

「好吧，我們去打劫。」

看龍夜嚇得連話都說不清楚，龍月自動把第一個選項剔除。

只是，在他們離去前，龍月忍不住回過頭，看著儀式所遺留下來的物品，雙眼微瞇，太容易了吧？從他們進入、破壞到離開，設置這個陣法的人居然沒有絲毫反應，是真的沒有注意到嗎？

才一想完，附近的樹林發出「沙沙」聲響，雖然只有細微的聲音，龍夜和龍月眼神瞬間交會，他們知道，有人過來了。

龍月伸出食指擺放在唇邊，做出噤聲的動作，另一隻手還不時朝龍夜揮了揮，做出要他退後再退後的動作。

龍夜見狀點了點頭，小心翼翼不讓腳步聲發出的一退再退。

確定龍夜退後到他覺得安全的地點，龍月緩緩抽出剩下半截的長劍，輕彈著劍身，劍發出「嗡」的鳴聲，然後，朝樹叢揮出乾淨俐落的一劍！

「唔。」樹叢中突然傳出屬於男性的呻吟聲。

龍夜聽到聲音後，先是愣住，接著大喊：「糟糕。」

龍月不解地看著龍夜跳到樹叢裡，沒多久就扶著一個人出來。

那個人有著一頭淺藍色長髮，淺藍色的眼眸中滿是痛楚的神色，一手捂著腹部，藍色的襯衣透出陣陣血色。

龍月默默收起斷劍，對龍夜的舉動完全無法理解。

龍夜望著藍髮少年痛苦的表情，趕緊從袖中拿出一塊布，把它撕成一條條的，幫他處理身上的傷口。

「……先治療傷口，不是先包紮！」龍月見龍夜慌成這樣，馬上提醒他，至少要先對少年的傷口做點處置，而不是直接包起來。

「啊啊，對。」龍夜驚呼，急忙拿出木杖，再從口袋拿出一個淡藍色的結晶體，將它拋出，然後輕唸咒語。

木杖一揮，結晶體碎裂，化成水色光芒灑落在藍髮少年身上。

等到少年的傷口不再流血，龍夜一邊幫他處理傷口，一邊詢問：「利拉耶，你跑到這裡做什麼？」

「沒什麼，你先到旁邊去。」

利拉耶看著腹部的傷口，確定血止住了，他深吸一口氣，用不像傷患的口氣，中氣十足地對龍月喊道：「喂！你幹嘛砍我，我有惹到你，還是我們有過節？」

他的吼聲讓一旁的龍夜差點耳鳴，一時間反應不過來。

「沒有過節，只是你躲在樹林內不吭聲，我以為是敵人才攻擊你，如果你需要我賠你醫藥費，還是要我道歉什麼的，我都沒問題。只是——」龍月起先是用抱歉的語氣，慢慢的，言詞逐漸嚴厲起來，像是在逼問，「我想知道，你為什麼出現在這裡？宿舍管理員，利拉耶・斯克利特同學。」

暮朔說了這裡的東西要儘快解決，代表很危險。

這麼危險的東西不止有自然結界，還有別人事先設置的其他結界存在，代表這一切全是某個人或某些人別有用心的行動。

而在結界裡，突然出現的宿舍管理員，越想越可疑。

利拉耶神色一凜，瞪著露出戒備的黑髮少年：「我出現在這裡有問題嗎？」

「當然。」龍月朝龍夜比了比，「我和他被困在這裡有一段時間了，而這裡的結界尚未被消除，在這靠近核心的中央地帶突然出現一個人，還不是參加測驗的院生，我不問你為什麼會在這裡，難不成要問你怎麼無聊到跑來這裡散步？」

「什麼散步，我來這裡當然是……」

利拉耶一開口，驚覺自己中了龍月的計，馬上閉嘴，不再說話。

龍月眉一抬，對龍夜喊道：「夜，過來。」

龍夜疑惑地望著龍月，不清楚為什麼他要自己過去。

龍月對於龍夜那搞不清楚狀況的呆滯神情，只能嘆氣。

「夜，這個人有問題。」龍月緩緩地說。

「什麼有問題？利拉耶一點問題也沒有呀！」龍夜狐疑地問。

雖然每次龍夜一有疑問，龍月幾乎是有問必答，這一次，他卻直接連劍帶鞘地從腰間抽出，直指著利拉耶，用審問犯人般的口氣。

「可以請你回答問題嗎？在這種時候出現在這裡的你為什麼而來？」

對龍月不善的態度，利拉耶也不打算給他好臉色看。

「你問，我就得回答？」

「當然。」龍月笑道：「我挺想知道這裡到底發生什麼事呢！」

畢竟，這天殺的結界和壞掉的劍，已經把他的耐心磨光，如果利拉耶是知情者，他不打破沙鍋問到底，也太對不起自己。

「利、利拉耶，雖然我搞不清楚狀況，但我覺得你還是說明一下。」見龍月處於「爆發」邊緣，龍夜嘴角抽了抽，給了室友最佳的建議。

只可惜，這位室友並不想領這個情。

「說明？不需要，這是學院設置的結界，我是依循正確的申請程序進入，有正正當當的理由。說到這裡，你們則是私自闖入。」

聽到正當性，龍夜心中直呼不妙，所以，這裡的結界不屬於私人，而是學院設置的？如果利拉耶所言是真，那他們毀掉的是學院公物？

這時，龍夜突然有「事情大條」的感覺。

龍月沒有把利拉耶的話放在心上，「那是你的推託之詞吧？」

利拉耶針鋒相對的冷哼，「這裡已經被列為禁地，你是怎麼進來的？」

龍月嘴角一抽，「應該是『我們』，還有夜。」

於是，龍夜因為兩人的爭辯，正式被拖下水了。

「這裡，是學院所設立的禁地。」利拉耶大聲、重複地說：「這裡的結界和儀式是學院設置的。」

「那又怎樣，你有證據可以證明這裡是禁地嗎？」龍月不相信他。

「你！」利拉耶瞪著龍月，他萬萬沒想到龍月會這麼說。

龍夜在旁邊聽的冷汗直流，急忙當起和事佬，「月、月，不管我怎麼聽，這好像是我們的錯喔？」

龍夜不希望這兩人突然大打出手，趕緊來到龍月身旁，希望他可以冷靜下來，同時也轉過頭向利拉耶道歉。

「利拉耶，抱歉啦！月他不是故意的，只是警戒心比較強。」

龍月冷笑，沒有妥協的打算，劍依然指向利拉耶，頭也不回地對龍夜說道：「夜，整個儀式如果是學院設置的，怎麼可能請『宿舍管理員』到這裡處理？不管怎麼想，都應該是請導師之類的人過來。」

「你的疑惑涉及機密，我不能說。」利拉耶正色道。

然後，他們兩人互相瞪視著，一句話都沒有說。

龍夜只能在一旁煩惱，不知道該如何解決。

這時，樹林裡又傳來沙沙聲響，又有第二個人前來。

「誰？」龍月迅速轉身，將劍指向樹林。

「賽洛斯．科塞德。」

留著一頭黑色短髮的少年，維持一貫的說話風格，簡單說出自己的名字。

「賽洛！」龍夜和利拉耶先後喊出來人的名字。

賽洛斯頓了頓，看著眼前的狀況，問染血的利拉耶，「是誰？」

利拉耶瞟了龍月一眼，聳了聳肩，「你說呢？」

賽洛斯瞇起黑色雙眸，似乎在確定著利拉耶的傷勢狀況。

雖然利拉耶的傷口在治療後已經好了大半，但是身上的衣裳、附近的草地仍殘留著大片血色，證明剛才這個人傷的很重。

視線轉移，賽洛斯望著一旁提劍指向自己的龍月，「是你打傷的？」

「你覺得呢？」龍月嘴角上揚，瞅了賽洛斯一眼。

賽洛斯點了點頭，從灰色的法師袍內拿出一雙半指拳套，套在手上。

「解釋？」像是為了確定，賽洛斯重重吐出這兩個字。

龍月皺眉，想了一下，「人是我打傷的，需要解釋嗎？」

頃刻間，一陣劇烈的破空聲傳來。

龍月向後退了一步，「鏘」的一聲，劍鞘擋住賽洛斯的拳頭，可惜，一秒後，劍鞘碎裂，裡面的半截長劍裸露出來。

龍月睇了一眼長劍，嘖的一聲，把斷劍扔到地上，向後退了一步，右手緩緩舉起，虛空一抓，一把水藍色的薄刃劍驀然現身。他將左手搭在劍身上，瞇起雙眼，「水乂舞。」水藍色的劍身上凝聚起周圍殘留的水氣，化為多道的水流，如舞蹈一般，輕快舞動的水流，猛地傾洩而下。

這兩人打起來時，龍夜怕自己和利拉耶被波及，就半拖半拉地把利拉耶帶到旁邊的樹林。

「利拉耶，算我拜託你，你能不能阻止他們？雖然月的口氣有點差，但這只是一場誤會啊！」

確定他們所待的場地很安全，龍夜難掩擔憂的小聲對利拉耶解釋。

「……」利拉耶撇過頭，不說話。

「利拉耶！」龍夜大喊。

「或許真的跟你說的一樣，是意外和誤會。但是，事情的起因還是因為你朋友突然對我展開攻擊，所以，我是不會出聲幫他的。」

見龍夜焦急的神態，利拉耶只好這麼回答。

事實上，對於賽洛斯與龍月開打一事，他是舉雙手贊成的一方，他平白無故挨了一劍就算了，還被人質疑他來這裡的正當性。

阻止？不可能！

「可是——」龍夜不安的嘆氣，那兩人已經打出火來了。

「你朋友會輸喔！」利拉耶像是要緩和氣氛。

「咦？誰說的，一定是月贏。」龍夜明明上一秒還在替對方擔心，一聽到利拉耶的「會輸」宣言，下一秒馬上反駁。

利拉耶大笑，「因為賽洛很強，所以我才說你的朋友會輸。」

「……賽洛斯每次都被你欺負，你還說他強。」龍夜小聲抱怨。

想當然，這句抱怨的話被耳尖的利拉耶聽到了，他不禁暗自偷笑，雖然平常賽洛斯都被他欺負，但那是他們兩人鬧著玩。

而龍夜口頭上說相信龍月會贏，還是抬頭緊盯著戰鬥的地方。

一想到戰鬥，就想到不久前提起的那個禁忌話題。

龍夜望向遠方，雖然利拉耶在旁邊，也知道龍月還在與賽洛斯對打，但不知怎地，他一靜下來就會想到暮朔威脅他時，提到的特訓。

「暮朔，來到這個世界，你應該沒辦法對我做那些特訓了。」

為了不引起利拉耶注意，龍夜小聲的低喃著。

『喂，沒禮貌，我肯花時間幫你特訓，你該好好感激才對。』暮朔惱怒地說：『你也不想想，如果沒有那些特訓，你現在可以這麼悠哉？』

龍夜連思考的時間都不需要，「呃，會比現在慘？」

憑良心說，暮朔的特訓恐怖歸恐怖，但是，對他真的很有幫助。不然的話，被突然丟到異世界歷練的自己，不會具備自保的能力。

「不過，很意外月會跟人打起來，他平常不會這麼衝動。」

龍夜決定換個話題，再討論特訓下去，只怕暮朔會開始丟出特訓點子，而且他身旁還有利拉耶在，一直喃喃自語不太好，最好少說點。

幸好利拉耶一直在注意賽洛斯的狀況，沒有注意到他這邊。

『因為劍壞掉了，一切又是從我說要「儘快解決」開始的緣故吧？』暮朔聲音古怪的說著，很像在邊說邊笑。

「難道……」龍夜心有餘悸的記起上次暮朔暗暗偷笑的時候。

『啊，你一直不提醒那傢伙，說我要整他的事，我就先下手為強。』

「猜中了。」龍夜後悔了，早知道他就乖乖傳話。

『小小整一下，算是先收點利息。』

「暮朔，你太過分了。」龍夜想撲出去阻止那兩個人打鬥。

原來，引發戰鬥的幕後黑手，就是自己這位哥哥大人！

『關我什麼事？我最多是起頭而已，後續會變成那樣，是不可抗力。其中多少跟你的室友做出錯誤反應有關，不管是誰經歷好幾個結界的考驗後，才進到這裡，卻突然發現另外有人，怎麼可能不懷疑？』

「欸，需要懷疑嗎？」龍夜認為自己就不會。

『笨，好言好語的問問題，對方卻避重就輕的不回答，只會說他是正當的，像挑釁一樣，難道真要傻傻的認為自己不正當，然後認罪嗎？』

「可是，利拉耶和賽洛斯不會騙人的，騙我們有什麼好處？」

說完，龍夜不自覺地瞥向利拉耶，他相信他。

『嘖，小鬼就是小鬼。』暮朔挫敗的低喃著。

「嗯？你剛才有說話？」龍夜好像有聽到。

『沒有。』暮朔恨鐵不成鋼的忿怒開口，『你和那兩人認識幾天？也不過是五天左右，你就這麼信任他們？』

「嗯？不行嗎？」龍夜不懂。

『你沒發現嗎？那個藍髮的從頭到尾都是故意的，他因為受傷的關係，不能和月那傢伙打，索性誤導黑髮的和那傢伙打起來。你那室友，心機很重。不過，這招借刀殺人不錯，你可以學起來用。』

「什、什麼呀！」

龍夜懷疑他有沒有聽錯，借刀殺人？利拉耶像是這種人嗎？

『哼，你很熟悉他們嗎？有比對月那傢伙熟？有比對我還熟？別傻了，除去彼此認識這一點，你不覺得他們出現的時機太好，好到我都想拍手鼓掌。對了，我沒跟你算你幫藍髮的包紮傷口這筆帳，你就該偷笑了！』

龍夜被暮朔說的無法反駁，如果去除「認識」這一點，他會衝過去嗎？應該不會吧！頂多是退到旁邊遮住雙眼，任由龍月怎麼處理對方，而不會因為對方的話，反而認為錯的人是自己這邊。

「我、我……」龍夜說不出話。

『我什麼我？』暮朔正在火頭上，『現在那傢伙與黑髮的打起來了，還好藍髮的沒有過去幫忙，如果那傢伙輸了，我一定找你算帳。』

一提到輸的問題，龍夜忍不住反駁。

「月一定會贏啦！暮朔你對他能不能有多一點的信心？」

『哼，聽你袒護那傢伙，算你還有點良心。看那傢伙與黑髮的打出火來了，他們必定不是打到一人倒下，就是出現第三者阻止他們。』

「咦，那怎麼辦？」龍夜不以為他夠水準可以成為阻止的第三者。

『先觀望，真的出問題再說。』暮朔不負責任的發言。

龍夜無奈的閉嘴，暮朔說的沒錯，既然他們沒辦法阻止龍月和賽洛斯，就只能選擇繼續看下去，直到他們分出勝負。

chapter 08 事件的終結

賽洛斯的攻勢一波比一波強，拳風四射。

龍月不斷用劍氣挑去賽洛斯的攻擊，在攻擊中不斷躲避。

表面上看，兩人打的十分投入，難分難捨。龍月卻隱約感覺到，這人別有居心的想要把他引誘到什麼地方。

往外移動的速度很慢，有時因閃避跳的太遠，還會故意跑回來。

可是龍月沒有忽視，雙方已經偏離開戰時的那個地方。

他們已經從樹林密集處，打到較為空曠的草地上，接著又打到亂石區。

突然，賽洛斯嘴角揚起，右手發出淡淡的紅光，右腳順勢踢起一顆小石頭，等它飛到特定高度，瞬間，揮拳擊中小石頭。

龍月見狀，手指指尖輕滑劍身，劍身泛起藍光，向前一刺，「碰」的一聲，發出微弱的爆炸聲響。

遙望著他們兩人越打越遠的利拉耶與龍夜，沒有錯過爆炸聲。

利拉耶馬上無事般的快速跳起身，和龍夜一起往爆炸的地方跑去。

「賽洛的鬥氣是『火』，如果被他的拳頭打到，頂多是灼傷，而當他把『火之鬥氣』灌入物體後，那個物體一旦被攻擊就會『爆炸』。」利拉耶邊跑邊對龍夜解釋。

「爆、爆炸！」龍夜驚愕地瞪向他。

利拉耶聳了聳肩，理所當然地說：「你想想，如果我們弱到誰都可以欺壓，那宿舍管理員的頭銜就可以送別人啦！」

「可是你不是被月打傷了。」龍夜嘟起嘴不甘示弱地說。

「那是意外！」利拉耶辯解著。

「月沒有欺壓你，那也是意外。」龍夜難得精明。

「……」利拉耶不想理他的往前跑。

★雙夜┐來自異界的旅人/PAGE 001

很快的，他們跑到亂石區，龍月和賽洛斯的對決快到最後關頭。

龍月瞇眼，凝視著手中劍，手一緊，劍的淡藍光芒越來越深，隨即，他用力一揮，水藍色的劍芒揮出。

賽洛斯默默從袖中拿出一顆火紅色的結晶，用力捏碎，火紅色的烈炎成漩渦狀圍繞在他的掌心後，揮出。

當水色劍芒和火紅色烈炎碰撞在一起，發出漫漫塵煙。

龍月搶在這時候再揮一劍，沒想到賽洛斯適時跳起。躲過劍擊後，賽洛斯身形一轉，跳至龍月的身後，他右手聚集火紅色的鬥氣，蓄勢待發。

瞬間，龍月持劍的手從左改右，橫身朝賽洛斯可能攻擊的方向揮劍——

正當兩人要互相擊中對方時，突然聽到一陣金屬般的撞擊聲。

此時，站在他們中間擋住雙方攻擊的，是一名褐髮綠眼的男子。

「可以了，到此為止。」

這名男子是武鬥院院長拉莫非。

「院長。」賽洛斯收起拳套，往後退開。

龍月望了男子一眼，又看了看賽洛斯，右手一捏，劍瞬間消失。

「就說我一直心神不寧的，果然，臨時決定來看看是對的。」

優美的女性嗓音從龍夜和利拉耶身後傳出。他們轉頭望去，後面站著的是有著褐色捲髮，配戴黑色方形眼鏡，身穿暗紅色魔法師袍的女性魔法師。

「艾米緹院長？」

「哼哼。」艾米緹失望的低喃，「結果我們還是來晚了，儀式場地被破壞的亂七八糟，完全無法復原。」

「何止。」利拉耶更指向龍月，「最重要的水祕石被他毀了。」

「不過，要破壞這裡也不容易啊！」艾米緹感慨地說。

「確實是這樣，但我們也有錯。」拉莫非抓了抓頭髮，「這算我們的疏失，沒有告訴院生們這裡有不可進入的禁區。」

艾米緹抬手點了點龍夜和龍月，「嘛，雖然你說的沒錯，但這兩個小傢伙還是逃脫不了該負起毀壞水祕石的責任。」

意思是說，兩位院長不會因為自己未善盡告知義務，而放過他們。

龍夜苦笑，看來，不祥的預感成真，這下子，麻煩大了。

「欸，艾米緹，我們先離開這裡，至於這兩名院生的處置，晚點再說吧！時間差不多了，該結束這場『遊戲』。」拉莫非好心提醒。

「呵。」艾米緹抿嘴輕笑，「知道啦！」

她咳了兩聲，聲音被擴大兩倍，極大地擴散出去。

『各位可愛的院生們，雖然距離木牌魔法解除的時間還很長，但很抱歉，這場任務即將結束，請各位院生趁最後的時間，把木牌收集好，並以最快的速度回到集合地區，最後期限是天亮前喔！』

「等等。」龍夜聽到「天亮前」的最後時限，大喊：「不是一天嗎？」

「啊？我沒有說啊！」艾米緹嘴角揚起，雙眸透出調皮的神色，「拉莫非只說木牌的活動時間是一天，不代表任務時間是一天。」

聽到這樣的消息，龍夜傻住了。

龍月則是搖頭嘆息，一開始，他就沒有兩位院長會讓他們找一整天的想法，所以聽到這種說法也不會太訝異。

至於一旁的兩名宿舍管理員則是暗自嘆息，看來，暫時就這樣結束，後續的相關問題，只能等院長先把手邊的分班任務忙完再說。

混亂的集合地點。

因為龍夜和龍月兩人是與兩位院長一起回來，所以原先的「打劫」方案直接胎死腹中的不能進行。

只是，集合地點已經先行到達的院生們，全陷入一片愁雲慘霧之中。他們臉上的悲慘神色，就連院長們看到後，也嚇了一跳。

龍月趁院長們在找人了解情況，拉著龍夜，竄入人群之中。

龍夜對院生們的慘樣非常好奇，隨手拉過一個人搭話：「請問一下，他們怎麼了？看起來很慘的樣子。」

「被搶了。」那個人很冷靜地回答。

「那你呢？」龍夜反問。

只見對方兩手一攤，神色從冷靜變成哀戚，「我、我一個都沒找到。」

之後見對方沒有繼續對話的打算，龍夜乾脆的放棄再問。

此時任務時間已經到了，卻有太多人，包括他們也沒有完成。

龍月扯過龍夜，被迫去找他們最不希望倚靠的那一位大人。

只是天快亮了，兩人到處張望，甚至在人群裡走了一圈，依然不見那一位。

時間一分一秒的過去，龍月跟龍夜明知道不需要為緋煉大人和疑雁擔心，但越是逼近院長公告的時間，越是緊張起來。

過了不久，雲華館外，理應在館內休息的校長——茲克走了出來，而兩位院長艾米緹和拉莫非正隨侍在旁。

艾米緹和校長竊竊私語著，似乎在討論些什麼。過一會，她向前一步，「院生們，時間到了，請拿出搜集的木牌。」

當「結束」宣言發佈，立刻響起眾多院生哀號的聲音。

「喀啦」、「喀啦」的聲音響起，身上有木牌的院生把牌子放置在地上。

艾米緹看了看，難掩失望的神色。

有將近半數的院生一個牌子也沒拿到，拿到五個的只有七、八位，至於其他的人，平均過後，僅拿到三或四個。

魔法院院長快崩潰了，木牌加一加只有總數的三分之一！她忍不住懷疑，是任務難度太高，才讓院生們交出這麼慘的成績嗎？

龍夜看完場內所有院生交出木牌的情況，卻遲遲不見那兩人出現，心底直呼糟糕，難不成會沒有趕上？

正當他想跑去找人時，冷不防，有人用力敲了他的頭一下。

他捂著頭往後看，敲他的人居然就是找了半天的紅髮青年

「早就到了。」龍緋煉只是一直站在他身後。

「夜別發呆了，快點交牌子。」龍月發現剩下他們還沒交出木牌，推了推龍夜，要他拿給統計數量的人員。

「喔、喔。」龍夜乖乖的聽話跑過去。

「欸，小鬼。」龍緋煉指著另一位銀髮少年，「拿過去。」

「這……」疑雁遲疑了，他不知道該不該把持有的木牌交出去。

「別囉囉嗦嗦的，快點。」龍緋煉不耐煩的催促著。

「啊——知道了！」疑雁驚恐地回答完，拖拖拉拉的移動。

聽到爭執聲，心情不好的艾米緹不自覺看了過去，酒紅色的眸中充滿好奇，不知道他們是拿到太多或是得到太少，表情跟對話很不尋常啊。

就剩下他們了，負責計算木牌數量的人乾脆主動的走近。

「既然有的話，就拿出來，不管是多是少，都要統計的。」

疑雁忍不住瞟了白眼過去，他默默拿出一個褐色的大袋子，沒有交給統計人員，反而把袋子重重丟到對方的腳邊。

「咦——」

院生們隱約察覺出那個大袋子裡頭的物品是什麼，全都不自覺倒抽口氣，用像看到怪物般的眼神，直視著那個袋子。

袋子丟到地上後，束起的袋口鬆開，袋內的物品傾洩出來，有大半落到了地上，而不論地上或袋子裡的，果然全是木牌。

「這麼多，該不會是用搶的吧？」龍夜被嚇到。

這個數目的木牌聚集在一起，也太「壯觀」了。

「嗯。」疑雁應聲，發出肯定地回答。

統計人員詫異地看著腳邊的木牌，雙手顫抖著，仔細計算木牌的數量。

等他算完，把數量說出來後，又讓院生們發出驚呼聲。

而艾米緹酒紅色的眸中也閃過一絲訝異，入耳的木牌數量正好是先前以為沒有被找到的那些，佔總數的三分之二。

才兩個人而已，就找出這麼多的木牌？

茲克校長從頭到尾不發一語，將這些狀況都看在眼裡，才對拉莫非交代了幾句話。

拉莫非點了點頭，走到龍緋煉和疑雁的面前。

「過去吧，校長找你們。還有，你們——」拉莫非指著龍夜和龍月，「你們也要過去，詳細把『禁地』發生的事說明清楚。」

龍夜緊張的看著另外三人。

龍月拍了拍龍夜的肩膀，希望他別太緊張，而龍緋煉和疑雁則是直接走了過去。

「什麼事？」龍緋煉走到茲克校長面前，直言問道。

「不好吧？」龍夜小聲地說：「這樣很沒禮貌。」

龍緋煉瞪了過去，龍夜馬上閉嘴。

「那些木牌，是你們兩個自己找的？」

茲克校長褐眸微瞇，盯著龍緋煉和疑雁，雖然他的外貌是白髮蒼蒼的老人，但中氣十足的嗓音很難讓人把他當成老人看待。

「有些，但搶來的更多。」龍緋煉噙著笑意回話。

校長點了點頭，對這個答案非常滿意，接著問龍夜兩人，「聽拉莫非和艾米緹說，你們闖入禁地，還把儀式破壞掉了？」

龍夜嘆了口氣，看樣子，校長似乎要懲罰他們。

「是。」龍夜發出細如蚊蚋的音量。

「不是闖，是進去。」反觀龍月，毫不畏懼的笑著應答。

「嗯……」茲克校長不把龍月的話放在心上，思考著處置方法。

「那個結界不是普通的院生可以解開的。」茲克校長想了想，感慨地說：「而且能夠破壞儀式的人更少。」

「請問校長，我們會怎樣？」龍夜銀色的眸中充滿著擔心。

「那個晚點再說。」茲克校長揮了揮手，「你知道你們的程度有多強嗎？」

龍夜搖頭，畢竟他在家鄉算是個只會法術的笨蛋。

「A班容不下你們。」一旁的艾米緹開口說道。

拉莫非接話，「所以你們只剩下一個選擇。」

「到我的班級。」校長肯定地說。

「恭喜你們進入由校長負責授課的特殊班級。」艾米緹笑著補充。

「咦？」龍夜愣住。

龍月嚴謹地問：「就是傳說中的『S』班？」

「是的。」校長點點頭。

「那其他的人呢？」龍夜看了看附近的院生。

只能說，龍緋煉和疑雁的這個組合太過恐怖，居然「拿」走了三分之二的木牌，讓近半數的院生空手而歸。

如果全讓那些人進入D班，他們必定會被那群院生怨恨到死！

而龍夜所提出的問題，恰是拉莫非所擔心的。

「真是的，說過多少次，要妳規定木牌的上限數量。」拉莫非的手指抵著額際，頭痛地說：「看這情況，一定要讓沒有拿到木牌，或是不足的院生參加補考，不然妳要讓其他班級人數稀少到使得授課導師出面抗議？」

「補考，好麻煩。」艾米緹聽到「補考」，馬上露出嫌惡的表情，「維持原來的提案就好了，不需要改呀！」

「不行，一定要給院生補考，這些麻煩是妳自找的，活該。」

拉莫非揮了揮手，把麻煩推給了艾米緹。

然後，他們兩人你一言、我一語的開始要不要補考的爭辯。

至於龍夜等人，雖然知道特殊班是院生們的最高榮耀……龍夜的雙眉卻緊蹙在一起，「為什麼要我們四人到特殊班？」

「因為你們有這個資格。」茲克校長回答。

「可以拒絕嗎？這樣的『特殊』待遇讓我很不舒服。」

龍夜不希望太顯眼，畢竟他們被光明教會追殺中。

雖然陷入這般窘境的只有他和龍月，疑雁和龍緋煉根本不需要擔心。

「我也想拒絕。」龍緋煉笑道：「太受矚目不合我意。」

龍緋煉的想法與龍夜不同，但他也屬於拒絕的一方。主要原因在於情報。如果變成特殊班的院生，那些院生們一定不敢接近他們，這麼一來，情報蒐集會無法順利進行。

有兩個人拒絕後，連龍月和疑雁也不想到S班。

茲克校長見他們不願接受，一臉遺憾地說：「有這麼好的機會也不要。好吧，不要的話就請你們離開學院，我可不想收這麼不受教的院生。」

接著他微低著頭，轉過身，好像對這四人的離去而感傷，也因為這動作與視覺上的死角，讓他們看不到他此時的模樣——嘴角浮現一抹詭譎的微笑，似乎非常期待他們的回應。

「呃。」龍夜啞口無言。

威脅，這是威脅！他們短時間內不能離開學院，偏偏校長出這種爛招數想逼他們選擇當特殊班的院生，這要他們怎麼辦？

「好，就進入特殊班。那我們可以先回去了吧？」

龍緋煉乾脆的做出決定，反正歷練又不會持續一輩子，留下來當學生的時間沒有多久，讓龍夜小鬼試試引人注目的生活也好。

茲克校長聽到後，馬上回頭，「可以、可以，當然可以。接下來是其他院生的補考時間，你們可以回宿舍休息。先提醒你們，因為你們是特殊班院生，所以上課的時間與地點會另外通知，不會在佈告欄上公佈。」

龍緋煉、龍月和疑雁三個根本不想聽校長的話，直接轉身走人。龍夜則是有禮貌的聽完，才對茲克校長道聲再見的趕緊追上，在追上他們時，他聽見龍月嘀咕了一句。

「那個老狐狸。」

龍月是指茲克校長，那個不希望優秀人才被埋沒的奸詐老人。

就這樣，他們被「脅迫」進入校長的班級。

由於校長說可以回到宿舍休息，龍夜等人便直接回去宿舍，各自回房補眠。

暈黃的天際，證明時間已經來到下午。

龍夜爬起床，突然想起睡前被交付的任務，跑出房間。

此時的他，手拿著長劍，往某個房間跑了過去。

誰知道，他去敲門時，應門的人只有疑雁，緋煉大人和龍月都不曉得跑到哪裡去了。龍夜只能在宿舍內部到處跑，希望能找到龍月。

「啊，月跑到哪裡去了？」龍夜找過一遍了，依然沒見到人。

找人失敗，讓龍夜看著手中的長劍，忍不住嘆氣。

他手上拿的是學院派發給院生的長劍，是賽洛斯在他睡前交給他的，說是要給龍月的配劍。

因為賽洛斯把龍月的院生長劍打壞了，就擅自幫他申請一把，還要龍夜提醒龍月，他所持有的武具沒有讓學院驗過等級的話，不能使用。

龍夜接下劍時太累了，決定睡醒後，再去找龍月，並轉述賽洛斯的話。

既然確定龍月不在宿舍內，一定是去外面了。

龍夜跑出宿舍尋找友人的蹤跡，只是他正要往那一千多梯的階梯跑去時，一句句斷斷續續的微弱對話聲讓他不自覺停下腳步。

那是非常熟悉的嗓音，雖然很不清楚。

龍夜在好奇心的催動下，漸漸朝聲音的發源地走去。

因為太好奇了，「沒禮貌」三個字已經被他搧得遠遠的，決定偷聽。這是一門技術活，龍夜順著宿舍外牆，躡手躡腳、小心翼翼的靠近。

這時，一道柔和的男性嗓音清晰的傳來。

「是嗎？既然你決定了，那就算了。」

——是緋煉大人！

龍夜心中驚訝大喊，難怪他會忍不住停下腳步，真是熟人的聲音。

不過他們才剛來學院沒幾天，學院內應該沒有認識的人。撇開這點不談，愛猜疑的緋煉大人怎麼會跟「外人」聊天，還挑不引人注意的隱密處？

只是與緋煉大人交談的人聲音太小，他只聽到零碎的單字，唯一知道的，是另外一人的聲音好像在哪裡聽過。

龍夜想要聽清楚，同時很想知道這位大人是在跟誰說話。

雖然緋煉大人和另外一人刻意站在陰影處，但是不在難以靠近的位置。

依龍夜推測，還可以再往那裡前進五步，而不會被發現。

深怕自己的心聲會被緋煉大人聽到，龍夜放空腦袋的慢慢移動。

身體一直往牆的邊緣挪移，眼神更一直往緋煉大人的方向瞥去，但他已經到極限了，不能再過去，再多踏出一步，就會被對方察覺。

完全聽不到呢！

看來，他一開始會聽到緋煉大人的聲音，是對方沒有把聲音放小。

現在他與另外一人的聲音小到幾乎聽不見，龍夜暗嘖一聲，繼續豎起耳朵，且不自覺把身體向前傾斜，只是，身體傾斜到某個程度，重心自然不穩，他在摔倒前，趕緊往後跳一大步的穩住身體。

龍夜沒想到，自己後跳的那一步會不小心踩到樹枝。

完蛋了。

不止樹枝斷裂的清脆響聲，連某人的心聲都清晰傳到龍緋煉那裡。

「龍夜？」龍緋煉朝傳出聲音的地方大喝，另一人聽到聲音後「唰」地消失，彷彿他本來就不在這裡。

龍夜乖乖走過去時，發現只剩下緋煉大人一個。

「你在這裡做什麼？」龍緋煉瞇起眼睛凝視著龍夜。

龍夜反射性地縮了縮身子，抬起手，打算裝傻矇混過去時，看到手上拿著的長劍，想到一開始跑出來的目的，靈機一動，將劍遞給他。

「我、我、我在宿舍裡找不到月，他的劍壞掉了，這一把是我的室友幫他申請，要我拿給他的。」

「你是要我拿給他？」

不知怎地，龍夜感覺到眼前的紅髮青年非常的不開心。

雖是如此，他還是抬手接過劍，對龍夜說道：「好了，你可以離開了。」

見對方下了逐客令，龍夜用逃難般的速度往宿舍跑去，進入宿舍後，他這才想起，與緋煉大人對話的那個聲音是誰的。

那個聲音的主人，不就是出手救過他的，名叫「風」的青年？

會記得風的聲音是因為在生死關頭轉過一圈，而會回想起來的原因，是因為被緋煉大人的冷漠眼神注視著，他就像去到了鬼門關前一樣。

一想起那個聲音是風的，龍夜下意識轉身，朝宿舍外看去。

那兩個人為什麼會在外面私下交談?

這個疑惑在他的心中不斷發酵變質,久久難以釋懷。

好不容易拋開卡在心裡不上不下的那個問題,決定回房,還沒踏入宿舍的房間,龍夜就聽到暮朔的聲音。

『可惡!退學、退學,那老頭只會用退學來威脅嗎?只是越想越奇怪,緋煉答應的太快了,他在想什麼?』

龍夜起先聽的時候,還以為暮朔的反應太慢了,聽到後面,才知道他會現在才提這件事,是因為想了很久。

「不曉得呢,不過,你看緋煉大人答應到校長的班級後,根本不聽他說話就直接離開,代表他很生氣吧?然後,校長是校長,不是老頭啦!」

『嘖,他本來就是老頭,而且老頭又聽不到我說的話,我愛怎麼叫他,誰管得著?』對於稱呼問題,暮朔維持一貫風格。

「哈哈,是這樣沒錯。」龍夜尷尬一笑。

話是這麼說,可他怕暮朔一直喊校長老頭,自己聽習慣後,如果遇到校長,會一不小心

「失口」說出這麼不禮貌的稱呼。

『唔，雖然班級越高越好，可是太高了，頭痛。』暮朔發出呻吟聲，『如果我們的「特殊待遇」被人知道，估計在楓林學院，大家不會好過。』

校長和兩位院長當著院生的面，把他們叫過去，問儀式的事情，順便「逼迫」他們進入特殊班……暮朔認為校長完全可以等院生們離開後，再說這些也不遲，會故意挑這個時間點告知，隱隱約約的，暮朔有一種「中計」的不妙預感。

緋煉會不會也是發現被老頭設計了，才乾脆答應，免得又惹麻煩？

老頭那樣子看起來不像是會輕易放棄的人，說不定真準備了什麼不可抗力的事件，等他們又一次拒絕後，再拿出來「坑」他們一把。

「啊，算了，你先別想這個，我問你，那個、那個……」龍夜決定，趁暮朔思考時，趕快跟他說這件事，「你知道嗎？緋煉大人居然和外人聊天耶！我發現後，差點嚇死了。」

『會嗎？』

暮朔的反應很平淡，淡到龍夜懷疑他是不是吃錯了藥。

「你不認為很奇怪？」

『不會，就像你會和那兩個室友玩的很開心，緋煉當然可以找人挖情報不是嗎？他又不像你，不是處理任務，就是在宿舍看書。』

「可是，那個人剛好是救過我的那一位耶！緋煉大人先前還裝不認識。」這讓龍夜認為有問題，「不能向我介紹對方嗎？為什麼呢？還有，他們聊的內容我也很好奇，緋煉大人在跟他談什麼？什麼對方決定就好？」

『呵啊。』暮朔不想談論這件事的打個哈欠，『八成是有條件的交換情報吧！你太多疑了，難不成你是怕緋煉把我們全賣了？』

「不不不，不是這樣，我只是好奇談話內容。」

龍夜趕緊揮手大喊，他這個哥哥是怎樣，思緒真跳躍，說自己多疑，還說怕把我們賣掉，這些他都沒有想過呀！

『小鬼，你就是這樣，所以總是自己惹禍之外，又給別人添麻煩。你呀，好奇歸好奇，不要好奇心一來，就想一腳踩進去，踩完就算了，最後處理不來時，又要我幫你收拾善後。』

「是。」龍夜無法反駁，他真的一直是這樣。

『還好你沒聽清楚緋煉和另一個人的談話內容，這是不幸中的大幸。』

「嗯？」龍夜不懂，為啥是大幸？

『你認為，能聽到心聲的他，真的會被你的拙劣演技所騙？他之所以連問都沒有問，直接放你走，是因為知道你聽到的不多。』

龍夜想了想，暮朔說的對，緋煉大人會放他走，是因為他沒聽到什麼。

「如果我有聽到，緋煉大人會怎麼做？」

『嗯？呵，怎麼做？』暮朔輕笑，『他會讓你忘記談話的內容，也會讓你忘記「不小心」發現他們談話的這件事。』

瞬間，龍夜轉而慶幸自己沒有聽清楚，不然一旦惹火緋煉大人……

他實在太恐怖了，這種人絕對少惹為妙。

final 開啟的木盒

夜裡，龍夜獨自在宿舍房間內發呆。

他的手中捧著離家前，父親交給他的物品。

進入這世界之後，一有空，他就會拿出來看一下，思考父親為什麼要給他一個打不開的盒子，這個小小的木盒，到底是什麼東西？

雖然他有想過是不是父親故弄玄虛，可是，父親會特意挑在他離家前一天才交給他，代表這個東西對歷練是有幫助、有用處的吧？

既然反覆觀看，都找不出開啟方法，那他用法術把木盒劈開呢？

這個想法僅維持了短短一瞬，他拿出符咒，準備把木盒劈開時，木盒像是感應到他的法術波動，閃現出小小的數條紋路。

他把符咒收起，仔細端看著盒上的紋路。

「封印咒文？」龍夜瞇起銀色雙瞳。

「叩叩。」房門忽然傳出敲擊的聲音。

龍夜將木盒放在床上去開門，門一開，原來，敲門的人居然是龍月。

「咦？這麼晚了，你怎麼會來？」龍夜還以為是室友巡房回來了。

「那兩個無良管理員呢？」龍月殺氣騰騰地詢問。

「巡房。」龍夜乖乖的照實回答。

龍月哼了一聲，「告訴他們，人情欠著，我會還的。」

「咦？」龍夜愣了愣，對龍月的話感到不解。

「這把劍。」龍月把腰間的長劍拿起，遞給龍夜看，「我問過學院了，申請劍一定要『以劍換劍』，如果沒劍，就要等三個月的審理期，我不知道你的室友是怎麼跟學院說的，總之，這份人情先欠著。」

看來，龍月對他這兩名室友意見非常的大，大到連他們的「好心」幫忙都不屑一顧。

「那，沒事的話，我忙我的囉！」

龍夜回到自己的床位，拿起木盒研究他的「新發現」。

「那個東西……是什麼？」龍月注意到龍夜的怪異舉動，跟著走入房內，黑眸瞇起，注視著龍夜掌心上的奇怪小木盒。

「父親大人給的。」龍夜回答。

「奇怪的東西。」

這是龍月給龍夜手中物品的評語。

「我打不開，上面有封印咒文。」

「嗯？打不開的話，不會問你哥，看看他有什麼方法？」

『欸欸，為什麼要問我？我又沒研究過那個東西。』

暮朔的聲音幽幽傳出，龍夜聽到後，先是一愣，然後發出「噗嗤」的笑聲：「抱怨也沒有用吧？月又聽不到。」

『說的也是。』

「怎麼笑了？」龍月不管怎麼想，剛才的對話並沒有好笑的地方。

「呵呵，暮朔在抱怨啦！」

「呃，他在啊？」

「現在是晚上耶！」龍夜指著窗外的夜空。

龍月聳了聳肩，假裝沒有聽到。

「總之，剛才的話一定要記得跟你的室友說，那麼，明天見。」

說完，他打開門迅速地離開。

龍月走後，龍夜看著木盒嘆氣，最後把木盒擺至一邊，躺到床上，雙眼直盯天花板發呆，慢慢的，一陣睡意襲來，他擋不住突來的睡意，進入夢鄉。

下一秒，龍夜又緩緩張開雙眼，從床上爬起來，看了看旁邊那兩張無人的床後，拿起擺放在床邊的木盒，像是第一次碰觸般，仔細地端詳研究，還不時把玩著手上的木盒。

他是暮朔，龍夜的兄長，只能在夜晚，經由「睡」這個動作來當作魂魄切換的關鍵，來取得身體的行使權。

「呵。」暮朔忽然發出輕笑聲。

龍夜絕對想不到，這樣的盒子，他一下子就知道破解之法。

他的指尖發出淡淡的銀光，朝木盒的四角刺去。

「喀噠。」木盒發出微小的聲音。

他用左手捧著木盒，右手放在木盒上方，慢慢往外推。

「喀。」原本打不開的木盒，居然被推開了。

木盒內，只有一個略微破爛的卷軸，他瞇起銀瞳，手指在卷軸邊滑動，似乎在思考該不該把它拿出。

摸著、摸著，手抽回，雙眸中透出惡作劇的眸光。

「算了，先封回去好了。」

手指輕彈，木盒變回原樣，他將木盒扔回原處，嘴角噙著玩味的笑。

此時，暮朔心中想著的是——我不會跟你說這個東西被打開了。

他非常期待弟弟日後發現木盒早已打開，吃驚的模樣。

——雙夜　來自異界的旅人完

postscript 後記

關於《雙夜》，這原本是很早以前結束的一個作品，算是我第一套打到完結的故事，而且在完成的那一瞬間就有了虛脫的感覺。

不知道是不是第一個作品，所以對《雙夜》有很大的殘念，見到這孩子終於變成實體書時，還感動了一下。XD

話說，當初設定與構想的時候，沒有想太多，打的還挺隨性的，當我打到完結時，還是很隨性。

真要挖出來修改時，開始與編輯平和万里討論，才知道不合理的地方很多。

（途中讓她吐了很多次的血，之後修改時也是一樣，真的辛苦她了。）

其實《雙夜》一開始只是很單純想要打兄弟文，所以我就這樣萌出龍夜和暮朔這一對兄弟檔，由於弟弟龍夜又呆又蠢，又是麻煩製造機，所以哥哥方面，就直接設定跟弟弟相反的個性，於是，殘暴的哥哥大人暮朔就這樣定型了。

只是這樣一來，暮朔變得很強勢，一旦讓他們兄弟一起跑出來，估計……龍夜應該會被欺壓的很慘，完全沒有主角的模樣。

所以，我讓暮朔沒有身體只有靈魂，寄居在龍夜身體裡。（只是變成這樣的後果，貌似讓暮朔的欺壓行為變本加厲了起來……）

如果這兄弟倆是現實人物，估計會把我給踩成餅乾渣吧！XD

以前的《雙夜》，設定什麼的都是想到就扔進去，全是自己打開心的。等到要進行大綱設定時，就有了想要拿刀抹自己的衝動。

人物設定、世界觀，這些之前壓根都沒有想清楚過，主線什麼的，全都是浮雲呀！重新將《雙夜》設定完後，如果再堅持只是想要打這一對兄弟，估計會被打死吧！

而且，重新設定時，還要顧及到故事的合理性，腦袋差點想到當機，還要思考這些設定用出來後，會不會有問題。等到設定大致上都沒問題了，內文的修改才真的會讓人想要遠望看著窗外的天空，看看它是藍的還是黑的。

（不過，想遠望時都是在晚上，所以窗外的天空是黑的。）

……只是，設定什麼的都是小咖，內文才是重點，我一度修改到差點變成一塊碎掉的餅乾。

一開始修的很艱辛，因為要考慮到前面需要交代的設定和故事，如果依照原先那些超級隨性的設定，估計暮朔應該要到第三章或第四章才會出來吧！而開頭先把暮朔拉出來後，以前被朋友們說很不合理的開頭，瞬間有了解答。

畢竟龍夜一人在那裡處理任務，如果要他自己想通任務關鍵，那乾脆讓龍月留在那裡偷偷協助他還比較快，以免真的出現更多的麻煩等他們收拾。

而且，讓他自己想通也挺奇怪的，如果暮朔用引導的方式幫他解答，就不會不合理了。另外，把暮朔提早拉出來的好處，就是一些要等他出現才可以講解的東西，可以馬上打出來。

所以，開始出現劇情大搬風的狀況，以前的第一集被改了好多呀！

修改時，還意外發現很多錯誤的地方（漏打、打錯的都有），修到頭昏腦脹只差沒有撞

牆了，而且還一度懷疑是不是ＷＯＲＤ與我作對，一直狂當機和吃字。（這是真的很常見，常見到都想把電腦給換了）

偷偷說一下，原本有打算在第一集時把龍夜「不小心」救助的麻煩人物給打出來，這樣就可以把光明教會和黑暗教會這兩個組織一口氣帶出來。

只是學院那邊打的太開心，再加上後面完全找不到可以讓對方出現的好時機，所以就很乾脆地讓他延後出場了。（掩面，真的超級對不起他呀！）

雖然修改狀況很多，但一想到能夠重新繼續這一篇文真的很開心，後面還要繼續加油努力。XD

以下是我的出沒地點，歡迎有看、或買這本書的讀者來踏．踏。XD

部落格：http://wingdark.blog125.fc2.com/

噗浪（PLURK）：http://www.plurk.com/wingdarks

飛小說。
We Love
Easyfly.

想實現你的夢想嗎？

想探索未知的世界嗎？

下一個出現在這裡的
也許就是你的作品！

投稿創作，請上：螞蟻創作網
(http://www.antscreation.com)

■本期推出■

■逆行世界■

通往新世界的「門」，
已經悄然開啟——

☞**您在什麼地方購買本書？**☜

□便利商店__________□博客來　□金石堂　□金石堂網路書店　□新絲路網路書店

□其他網路平台__________□書店__________市／縣__________書店

姓名：__________地址：____

聯絡電話：__________電子郵箱：____________________________________

您的性別：□男　□女

您的生日：__________年__________月__________日

（請務必填妥基本資料，以利贈品寄送）

您的職業：□上班族　□學生　□服務業　□軍警公教　□資訊業　□娛樂相關產業

□自由業　□其他____________

您的學歷：□高中（含高中以下）　□專科、大學　□研究所以上

☞**購買前**☜

您從何處得知本書：□逛書店　□網路廣告（網站：______________）　□親友介紹

（可複選）　□出版書訊　□銷售人員推薦　□其他

本書吸引您的原因：□書名很好　□封面精美　□書腰文字　□封底文字　□欣賞作家

（可複選）　□喜歡畫家　□價格合理　□題材有趣　□廣告印象深刻

□其他__________________

☞**購買後**☜

您滿意的部份：□書名　□封面　□故事內容　□版面編排　□價格　□贈品

（可複選）　□其他

不滿意的部份：□書名　□封面　□故事內容　□版面編排　□價格　□贈品

（可複選）　□其他

您對本書以及典藏閣的建議____

____

____

✌未來您是否願意收到相關書訊？□是　□否

✍**感謝您寶貴的意見**✍

✌From____________________@____________________________

♦請務必填寫有效e-mail郵箱，以利通知相關訊息，謝謝♦

印刷品

$3,5

請貼
3.5元
郵票

不思議信箱
FUSIGI POST

235 新北市中和區中山路二段366巷10號10樓

華文網出版集團 收

（典藏閣－不思議工作室）

My brother, lives
inside mine body.

DARK櫻薰/NOVEL
薩那SANA. C/ILLUST
001

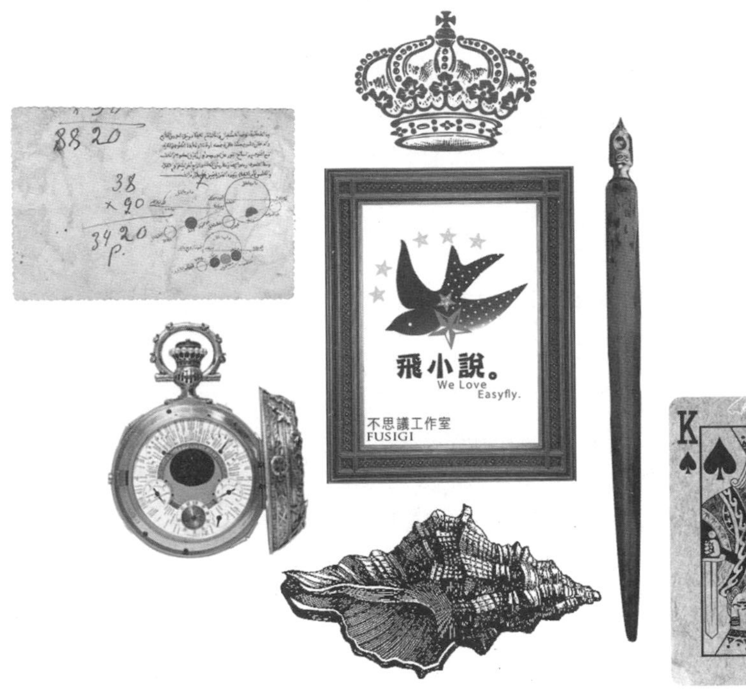

不思議工作室

「年輕、自由、無極限」的創作與閱讀領域

為什麼提到奇幻的經典，就只會想到歐美小說？
為什麼創意滿分的幻想作品，就只能是日本動漫？
為什麼「輕小說」一定要這樣那樣？

站在巨人的肩膀上，是為了看得更遠。
讓我們用自己的力量，打造屬於自己的文化！

不思議工作室，歡迎各式各樣奇想天外的合作提案。
來信請寄：book4e@mail.book4u.com.tw

不論你是小說作者、插圖畫家、音樂人、表演藝術工作者……
不管你是團體代表，還是無名小卒。
不思議工作室，竭誠歡迎您的來信！
官方部落格：http://book4e.pixnet.net/blog

我們改寫了書的定義

董事長　王寶玲
總經理　兼　總編輯　歐綾纖
出版總監　王寶玲
印製者　和楹印刷公司

法人股東　華鴻創投、華利創投、和通國際、利通創投、創意創投、中國電視、中租迪和、仁寶電腦、台北富邦銀行、台灣工業銀行、國寶人壽、東元電機、凌陽科技(創投)、力麗集團、東捷資訊

◆台灣出版事業群　新北市中和區中山路2段366巷10號10樓
TEL：02-2248-7896
FAX：02-2248-7758

◆倉儲及物流中心　新北市中和區中山路2段366巷10號3樓
TEL：02-8245-8786
FAX：02-8245-8718

雙夜/DARK櫻薰作. -- 初版. 一新北市：
華文網，2011.05-
冊； 公分. --(飛小說系列)
ISBN 978-986-271-066-1(第1冊：平裝). ----

857.7 100005809

飛小說系列001

雙夜01-來自異界的旅人

出版者■典藏閣
作　者■DARK 櫻薰　繪　者■薩那 SANA. C
總編輯■歐綾纖　企劃主編■平和万里
製作團隊■不思議工作室
郵撥帳號■50017206 采舍國際有限公司（郵撥購買，請另付一成郵資）
台灣出版中心■新北市中和區中山路2段366巷10號10樓
電　話■(02) 2248-7896　傳　真■(02) 2248-7758
物流中心■新北市中和區中山路2段366巷10號3樓
電　話■(02) 8245-8786　傳　真■(02) 8245-8718
ISBN■978-986-271-066-1
出版日期■2011年6月　初版三刷

全球華文國際市場總代理／采舍國際
地　址■新北市中和區中山路2段366巷10號3樓
電　話■(02) 8245-8786　傳　真■(02) 8245-8718

新絲路網路書店
地　址■新北市中和區中山路2段366巷10號10樓
網　址■www.silkbook.com
電　話■(02) 8245-9896
傳　真■(02) 8245-8819